Der Verlag bedankt sich für die
Förderung dieser Publikation durch
die Niederländische Literaturstiftung.

N ederlands
letterenfonds
dutch foundation
for literature

Umschlagabbildung © Tilly Weissenborn,
Fotostudio Lux © NMW, Tropenmuseum
(Volkenkunde, Leiden)
Umschlaggestaltung: Gudrun Fröba
ISBN 978-3-88747-323-5

Hella S. Haasse

Das indonesische Geheimnis

Roman

Aus dem Niederländischen
von Birgit Erdmann und Andrea Kluitmann

: TRANSIT

Die Erklärung indonesischer Begriffe finden Sie im Glossar ab Seite 155-

Sehr geehrte Frau Warner,

mein Name ist Bart Moorland. Ich bin freiberuflicher Journalist, Soziologe und Politologe.

Zurzeit arbeite ich an einer Studie über westliche Menschenrechts- und Umweltschutzaktivisten in Südostasien. Bei meinen Nachforschungen bin ich mehrfach auf den Namen Mila Wychinska gestoßen, die in den Sechziger- und Siebzigerjahren eine wichtige Rolle als Kontaktperson zwischen verschiedenen internationalen Organisationen und der Lokalbevölkerung gespielt haben soll, unter anderem in Indonesien und Malaysia. Viele Leute, die ich gesprochen habe, wussten zwar von ihrer Existenz, sind ihr jedoch nie persönlich begegnet und hatten außer vagen und widersprüchlichen Geschichten eigentlich auch nichts zu berichten.

Einige behaupten, sie sei während einer Reise auf Sumatra (oder Java, oder Timor, das bleibt unklar) gestorben. Auch ihr Sterbedatum und die Todesumstände sind mir nicht bekannt.

Als ich hörte, dass sie (trotz des meiner Ansicht nach polnischen Namens) niederländischer Herkunft war, habe ich natürlich versucht, hier in den Niederlanden etwas über sie in Erfahrung zu bringen. So fand ich heraus, dass sie aus Batavia stammte, im früheren Niederländisch-Indien, und auch während der Herrschaft Sukarnos noch lange auf Java oder anderswo in Indonesien gelebt hat.

Ich interessiere mich besonders für ihre Kindheit und Jugend in den Tropen, vor allem vor dem Hintergrund der Tatsache, dass sie sich offenbar schon vor dem Zweiten Weltkrieg, in einer Zeit, als das noch gar nicht diskussionsreif war, als Verfechterin eines unabhängigen Indonesiens hervorgetan hat.

Warum ich mich an Sie wende? Natürlich kenne ich Sie als Kunsthistorikerin. Mir sind auch die interessanten Arbeiten bekannt, die Sie im Zuge der Restaurierung von Bauwerken aus der Zeit der Verenigde Oost-Indische Compagnie ausgeführt haben. Aus diesem Grund spreche ich Sie mit Ihrem Mädchennamen Herma Warner an, unter dem Ihre wissenschaftlichen Artikel veröffentlicht wurden, und nicht als Frau Tadema.

Auch Sie sind im kolonialen Niederländisch-Indien geboren und aufgewachsen, in Batavia, und Sie und Mila Wychinska sind gleichaltrig. Jemand erzählte mir, Sie hätten möglicherweise dieselbe Schule besucht. In noch erhaltenen Schülerverzeichnissen der europäischen Schulen in Batavia vor dem Krieg habe ich Milas Namen nicht finden können, wohl aber Ihren und den Ihres Ehemannes.

Kannten Sie Mila? Falls ja, täten Sie mir einen großen Gefallen, wenn Sie mir gestatten würden, Ihnen einige Fragen zu stellen.

Mit vorzüglicher Hochachtung
B.J. Moorland

OHNE DIESEN BRIEF hätte ich niemals damit angefangen.

Ja, ich kannte sie, Adèle, Adé, Dee Mijers, die später wie ihre polnische Mutter Wychinska heißen wollte und aus Dee Mila machte, um alle »holländischen« und »indonesischen« Assoziationen aus ihrem Namen zu verbannen. Aber ich fürchte, was ich erzählen könnte, wird diesem Journalisten nicht viel nützen. Ihr Leben, und auch meines, wurden von Umständen bestimmt, die unwiderruflich passé sind. Hat es Sinn, noch einmal aufzuwärmen, was niemand mehr nachvollziehen kann?

Mir ist schon lange klar, dass die versunkene Welt meiner Jugend zu einem großen Teil Illusion gewesen ist. Alle Phasen des Abschiednehmens und der Entwöhnung habe ich durchgemacht. Die sinnlichen und emotionalen Erlebnisse in meinem Geburtsland liegen in den Tiefen meines Bewusstseins, sie bestimmen mich, aber ich kann nicht mehr auf sie zugreifen. Dass ich nirgendwo jemals richtig zu Hause war, habe ich als meinen natürlichen Daseinszustand akzeptiert. Das gibt mir die Freiheit, und auch die Fähigkeit, mich anzupassen, oder Abstand zu wahren, je nachdem. Dee sagte einmal – zu Unrecht – diese Eigenschaft sei typisch für den *Belanda*, der sich wie ein Chamäleon verhalten kann, um sich die Umgebung, die er dominieren will, gefügig zu machen. Vielleicht hat sie später begriffen, dass es meine Art – und ihre! – war, mit der inneren Zerrissenheit zu leben, die uns beide prägte.

Habe ich das Recht, Dee »zu erklären«? Kann ich das, ohne selbst meinen Part dabei zu bedenken? Ich fürchte mich vor der Zwiespältigkeit, der Doppelsinnigkeit, der Abwehr in mir. Ich will mich der Bitte Moorlands nicht stellen, oder etwa doch?

Moorland bauscht meinen Beitrag an den Restaurierungsarbeiten der Holzschnitzereien an den paar Häusern aus dem achtzehnten Jahrhundert in Jakarta zu sehr auf. Viel gab es ja nicht mehr zu tun. Wie lange hat es doch gedauert, bis die Niederlande Geld zur Verfügung stellten und Indonesien das Angebot angenommen hatte. Für die Behörden in Jakarta genoss die Wiederherstellung kolonialer Hinterlassenschaften selbstverständlich keine Priorität, außer, wenn diese im wirtschaftlichen und sozialen Leben der Stadt eine Funktion erfüllen konnten.

Ach, was soll's, Herr Moorland wollte mir halt ein Kompliment machen.

Ich weiß nicht, ob ich ihn empfangen werde. Selbst eine schriftliche Antwort bereitet mir Kopfzerbrechen. Hier, in meinem ländlichen, entlegenen Winkel, fühle ich mich wie aus der Zeit gefallen. Die alten Buchen und Kastanien auf dem Rasen vor dem Haus, in dem einst meine Großeltern lebten, haben sich, seit ich vor siebzig Jahren als Kind während des einzigen Europa-Urlaubs meines Vaters in ihrem Schatten gespielt habe, kaum verändert. Die gewaltigen Baumstämme, die breit gefächerten Blätterkronen, geben mir ein ähnliches Gefühl wie das überwältigende Grün Javas, eine Verbundenheit mit der Natur.

Bei gutem Wetter verbringe ich im Sommer ganze Tage in meinem Gartenhaus mit Veranda, versteckt zwischen dichten Bäumen. Wie schon zu Lebzeiten Tacos. Biwakieren im *pondok* nannten wir das. Dort spüre ich seine Gegenwart wie sonst nirgends.

So lebe ich auf meinen Tod zu, in Harmonie mit der rätselhaften Ordnung der Dinge. Bücher und Musik vertiefen meine

Ruhe. Ich verfolge die Nachrichten zwar noch, aber relativiere sie oft auf erstaunliche Weise. Die Vergangenheit zieht sich in Nebeln zurück und lässt sich nur aus der Gegenwart interpretieren, die ich aber auch nicht in ihrer wahren Gestalt erkennen kann.

Seit Tacos Tod, vor fast siebzehn Jahren, habe ich die Ebenholztruhe mit ihren Kupferbeschlägen, in der ich aufhebe, was ich noch immer »Niederländisch-Indien« nenne, nicht mehr geöffnet. Irgendwann wollte ich die Briefe, Unterlagen und Fotos sogar vernichten. Jetzt könnten sie ganz nützlich sein.

Leider habe ich den Schlüssel verloren. Er hat eine ziemlich auffällige Form. Die Zähne des Schlüsselbartes, der in das komplizierte antike Schloss passt, sind außergewöhnlich zackig, der ovalförmige Schlüsselkopf ist vergoldet und von einem verschlungenen Ornament durchbrochen, das einem arabischen Schriftzug ähnelt. Der Schlüssel muss doch irgendwo sein. Tagelang habe ich schon danach gesucht, Schubladen leergeräumt, Kartons ausgeschüttet, verstaubte Regalbretter abgetastet. Das einzige Resultat war Verzweiflung über den ganzen Plunder, den ich im Laufe der Jahre angesammelt habe.

Wie bekomme ich den Deckel auf? Er schließt nahtlos an den Truhenrand an. Ich werde Hilfe hinzuziehen müssen, einen Fachmann, einen Schlosser, der auf Feinarbeiten spezialisiert ist, falls es hier in der Gegend so jemanden gibt.

Die Fragen des Journalisten haben etwas ausgelöst, das mich nicht mehr loslässt. Ich habe zwar keinen Zugriff auf den Inhalt meiner Truhe, aber jetzt ist es, als sei in meinem Gedächtnis ein Schloss aufgesprungen. Ich werde einfach aufschreiben, was mir durch den Kopf geht.

Wenn ich an Dee denke, sehe ich sie am liebsten als Kind vor mir: lebhaft, agil, gelenkig, und damals schon mit diesem funkelnden dunklen Blick, von dem viele Leute zu meinem Erstaunen behaupteten, er sei frech und unberechenbar. Ich war davon überzeugt, dass niemand sie so gut kannte wie ich. Deshalb wusste ich, wie ungeduldig und fast körperlich unpässlich sie werden konnte, wenn ein Spiel oder eine Situation zu Hause oder in der Schule ihrem Empfinden nach zu lange dauerte. Aus reiner Langeweile konnte sie völlig außer sich geraten, provozieren und triezen, oder sich gerade durch bockiges Schweigen unnahbar geben. Andere sahen nicht, was ich sah: die Neugier und das heimliche Vergnügen in dem Blick, mit dem sie die Wirkung ihres Verhaltens beobachtete. Ihr war natürlich klar, dass sie eine gewisse Macht ausüben konnte, gleichzeitig fand sie es aber auch lächerlich, wie Erwachsene und dumme Kinder sich von ihr gängeln ließen. Dann funkelte Verachtung in ihren Augen.

Weil ich nie das Gefühl hatte, zu denen zu gehören, die für Dee »die Anderen« waren, beachtete ich ihre *tinkas* nicht weiter. Plötzlich kehrte sie zu sich selbst zurück, war wieder verspielt und mitreißend. Nichts war geschehen.

Später, als junges Mädchen, gelang es mir nicht immer, so unbefangen gleichmütig auf Dees Stimmungsschwankungen und ihr Gehabe zu reagieren. Zudem war auch ich der Ansicht, ihr Blick tue ihrer Schönheit mitunter Abbruch.

Dee war nämlich schön. Sie hatte eine matte, leicht gebräunte Haut, ein schmales Gesicht mit kurzer gerader Nase und Augen, die, je älter sie wurde, einen grün-bräunlichen Glanz bekamen. Durch ihre stolze Haltung wirkte sie größer, als sie war.

Sogar der Schlosser aus Zutphen, der so nett war, an seinem freien Sonntagnachmittag bei mir vorbei zu schauen, bekam die Ebenholztruhe nicht auf. Er könne das Schloss gern austauschen, aber dazu müsste er die große und wunderbar verzierte Kupferplatte zerstören, die mit Dutzenden nahezu unsichtbaren Nägeln um das Schlüsselloch befestigt ist. Diesen irreparablen Schaden möchte ich nicht. Ich gebe die Hoffnung nicht auf, den Schlüssel zu finden, er kann ja nicht weg sein.

Den Entscheidungen, die Dee im Laufe ihres Lebens getroffen hat – einige sind mir bekannt, die anderen kann ich nur erraten – liegt vermutlich eine tiefe Unsicherheit zugrunde. Früher habe ich davon nie etwas bemerkt, im Gegenteil, ich fand sie geradezu aufreizend selbstbewusst, und durch ihren Spott über die Vorurteile in der damaligen Kolonialgesellschaft erhaben.

Jetzt begreife ich, dass diese Haltung ein Täuschungsmanöver war. Sogar vor mir trug sie eine Maske. Hinter Stolz und Mut verbarg sie die demütigende Überzeugung, nicht völlig akzeptiert zu sein. Der stetig wachsende Groll gab ihr Halt, machte sie hart.

Zwischen ihr und mir steht etwas Dunkles und Undurchdringliches, und daran möchte ich lieber nicht rühren. Ich weiß nicht, wo sie ist. Ich weiß nicht einmal, wer sie ist – falls sie noch lebt.

Habe heute, zusammen mit meiner treuen Stien, wieder vergeblich lange nach dem Schlüssel gesucht. Wir haben auch die Zimmer gründlich durchforstet, die ich nicht mehr nutze, obwohl ich mir nicht vorstellen kann, wie das Ding da hätte hingeraten sollen. Stien hatte eine Nichte mitgebracht, ein vorlautes sechzehnjähriges Schulmädchen, das sofort verkündete: »Echt asozial, wie Sie hier wohnen.«

Ich sagte, das sähe ich genauso, und dass ich umziehen würde, sobald in unserem Seniorenheim »Het Hoge Bos«, wo ich seit einigen Jahren auf der Warteliste stünde, ein Platz frei wäre. Das stimmte sie nicht milder, aber sie half nach Kräften bei der Suche, vor allem auf dem Dachboden, wo noch allerlei Zeug aus dem Hausrat meiner Großeltern herumliegt.

Bevor sie eben wegging, im Besitz eines Kupferleuchters und eines Nachttopfes aus geblümter Emaille, hörte ich sie sagen: »Shit, den halben Tag vergeudet. Den Schlüssel gibt's doch gar nicht.«

»Sie ist alt, sie erinnert sich nicht mehr«, sagte Stien besänftigend.

Alte Leute führen oft Selbstgespräche, oder sprechen mit imaginären Personen. Ist dieses Geschreibe, mit dem ich angefangen habe, eine Variante dieser Unsitte? Und an wen bitte richte ich mich?

Sehr geehrte Frau Warner,

vielen Dank für Ihren Brief. Ich weiß wirklich sehr zu schätzen, dass Sie meiner Bitte - trotz der unglücklicherweise hermetisch verschlossenen Truhe - nachkommen möchten. Dass Sie aus Ihrem Gedächtnis schöpfen müssen, mindert den Wert Ihrer Informationen nicht.

Ich freue mich auf die versprochenen Angaben.

Hochachtungsvoll
B.J. Moorland

Angaben über Dee, schwarz auf weiß, die Bart Moorland nutzen könnten? Erstmal müsste ich erklären, wie kompliziert ihr Familienhintergrund war. In groben Zügen kenne ich ihn, weil ich unzählige Male darüber habe reden hören.

Einst nahm, im siebzehnten Jahrhundert, Jonas Muntingh, ein Kaufmann im Dienst der *Verenigde Oost-Indische Compagnie*, eine einheimische Frau zu seiner rechtmäßigen Ehegattin. Er wurde reich und ließ an einer Flussbiegung des Tjiliwoeng, etwas außerhalb Batavias, ein Haus bauen und zog mit seiner Familie dort ein.

Auch Muntinghs Nachkommen waren durch Handel und Eheschließungen mit steinreichen Chinesen und Chinesinnen zu Reichtum gelangt. Sie kauften Land und so wurden aus Kaufleuten Großgrundbesitzer. Die letzte Erbin des Landgutes Pakembangan, auf halber Strecke zwischen Batavia und Buitenzorg, heiratete im letzten Viertel des neunzehnten Jahrhunderts einen Sprössling aus dem französischen Adelsgeschlecht Lamornie de Pourthié, der sich wegen Spielschulden nach Niederländisch-Indien geflüchtet hatte. Sie bekamen zwei Töchter, Louise und Adèle. Um sich der bleibenden Verbundenheit seines Assistenten zu versichern, der talentiert war, die Arbeiter mit harter Hand regierte und somit die Reisernte und den Viehbestand vermehrte, zwang Lamornie de Pourthié, selbst kein Geschäftsmann und im Landbau unbewandert, seine Tochter Louise zur Ehe mit diesem unersetzbaren »Aufseher«. Erwartungsgemäß wurde sie tot-unglücklich.

Auch Adèle hatte kein Glück. Ihr Mann, der Marineoffizier Johan Mijers, starb an Malaria, just als ihm eine Beförderung zum zweiten Adjutanten des Generalgouverneurs in Aussicht gestellt wurde. Mit ihren beiden kleinen Kindern, Louis und Aimée (die immer nur Non genannt wurde) ließ sie sich in dem großen alt-javanischen Haus nieder, in das die Muntinghs gezogen waren, als Anfang des neunzehnten Jahrhunderts wohlhabende Batavianer ihren Wohnsitz in die kühleren »hohen Areale« südlich der Unterstadt verlegten.

Da Louise kinderlos blieb, betrachteten die Schwestern es als unumstößlich, dass Adèles Sohn Louis Mijers, der einzige männliche Nachkomme des Geschlechts Muntingh, irgendwann Pakembangan leiten würde und zusätzlich zu dem seiner Mutter zustehenden Anteil des Familienbesitzes auch den seiner Tante erben sollte.

Als Junge war er ein Querulant, unfolgsam, aufsässig, ein Fla-neur, der mit unerwünschten Freunden die Stadt unsicher machte und im Preanger-Bergland Abenteuer suchte. 1913 schickte Frau Mijers ihn nach Europa, um Manieren und Savoir-faire zu ler-nen. Trotz des Ersten Weltkriegs war Louis' Aufenthalt in Pa-ris, London und der Schweiz erfolgreich. Mit seinem attraktiven, exotischen Aussehen und den großzügigen Zuwendungen seiner Mutter entwickelte er sich avant la lettre zu einem mondänen Le-bemann, einem Typ, der später in den zwanziger Jahren gern den Ton angab.

In meiner Ebenholztruhe muss sich ein »snapshot« (so hieß das damals) aus dem Jahr 1927 befinden. Louis Mijers, in einem für diese Zeit auffällig modischen Anzug aus leichtem Stoff, nicht in einem der steifen weißen Baumwollanzüge mit hochgeschlossenem *tutup*, der Alltagskleidung meines Vaters und seiner Beamten-Kollegen. Statt des üblichen Tropenhelms trägt er einen Panamahut und zweifarbige amerikanische Schuhe. Seine obere Gesichtshälfte liegt im Schatten, aber in seinem lachenden Mund blitzen die Zähne unter dem dünnen Schnurrbart. Er lehnt lässig gegen seinen Studebaker, an den ich mich von unzähligen Ausflügen erinnere. Das Leinenverdeck ist zurückgeschlagen und liegt gefaltet über der Rückbank. Das Foto muss im Garten unseres ersten Hauses in Batavia aufgenommen worden sein, dessen Auffahrt von einer langen Reihe stacheliger Pflanzen gesäumt wurde. Alle fanden Dees' Vater hinreißend, einen Herzensbrecher. Auch mir als Kind fiel auf, dass er gut aussah, wie ein Filmstar aus Hollywood, aber hinter seinem Charme und seinem kühnen Auftreten verbarg sich etwas, das manchmal in seinem Blick kurz aufloderte, und mich verunsicherte. Niemals wurde ich das Gefühl los, dass er mich eigentlich nicht mochte, auch wenn er sich der besten Freundin seiner Tochter gegenüber noch so überschwänglich nett gab.

Dee und ich sind zusammen aufgewachsen. Unsere Väter waren im Dezember 1918, kurz nach dem Waffenstillstand, mit demselben Postschiff aus Europa gekommen und hatten ein Jahr später etwa zur gleichen Zeit geheiratet.

Dee und ich wurden beide 1920 in Batavia geboren. »Onkel Louis« (so durfte ich ihn nennen) war oft bei uns zu Besuch, immer allein. Damals fragte ich mich nicht warum, denn Dee hatte ja Non, ihre Tante, die im Haus ihrer Großmutter Mijers für sie sorgte. Das Haus war in meinen Augen ein Palast, mit weißen Säulenreihen auf den Veranden vorne und hinten, und Marmorfußböden, in denen man sich spiegeln konnte. In diesem Viertel der Stadt hatten die Gärten parkähnliche Ausmaße. Das Laub der hohen Kanaribäume warf Schatten über die blühenden Pflanzen in den mit Kalk abgesteckten Beeten und die Töpfe mit Rosen und Farnen. Es gab unzählige Stellen, an denen wir uns verstecken konnten, Bäume zum Reinklettern, Sträucher zum Unterkriechen. In einer großen Voliere hielt Frau Mijers Kakadus und einen Beo. Am meisten aber hatte es mir das Vordach auf Pfählen angetan, das *pendoppo,* das an die hintere Veranda grenzte. Das Reich von Non Mijers und ihren Orchideen. Als Kind war ich vor allem von den bizarren Formen und wunderbaren Farben der Blumen verzaubert. Später bekam ich ein Auge für die komplizierte Zucht und Pflege, die Nons Leben beherrschten.

Von Non besitze ich kein einziges Foto. Sie wollte nie geknipst werden, verbarg sich hinter anderen oder machte sich aus dem Staub, sobald ein Fotoapparat hervorgeholt wurde. Dass Louis Mijers und sie Geschwister waren, hätte niemand geglaubt, der es nicht wusste. Louis besaß den matten Teint und die geschmeidigen Bewegungen von Frau Mijers, Non hingegen war dunkelhäutig und mager, ohne jegliche Eleganz. In ihren zumeist weißen, halblangen weiten Kleidern und den Schlappen an den Füßen ähnelte sie eher einer Hausangestellten zwischen *babu* und Krankenschwester, oder einer armen entfernten Blutsverwandten, die als dienstwillige Hausbewohnerin in die Familie aufgenommen war. In den Blicken von Louis und seiner Mutter lag eine Art Überheblichkeit, wenn auch unterschiedlicher Art; er schaute herausfordernd selbstbewusst, sie damenhaft reserviert. Nons Augen jedoch waren wie stilles schwarzes Wasser. Fasziniert schaute ich auf ihre geschickten Finger, die sich vorsichtig und zielstrebig zwischen den Stielen und Luftwurzeln bewegten, den breiten lederartigen oder länglichen dünnen Blättern, den Blütentrauben auf ihren Farnwurzelballen, oder den bemoosten Baumrinden und Kokosborken, die am oberen Rand des Vordachs aufgehängt waren.

Ich finde Non in ihrem *pendoppo*. Sie bereitet gerade eine Pflanze vor, wie sie es nennt, die sie in aller Frühe auf dem *pasar* von einem zuverlässigen Züchter gekauft hat. Dee interessiert diese Arbeit nicht, sie schaukelt draußen im Garten.

»Sieh nur, Toet«, sagt Non (diesen Kosenamen gab sie mir, als sie merkte, dass ich ihre Orchideen liebe), und sie zeigt mir, dass sich gerade ein neuer Stängel entwickelt, und schon feine Wurzeln austreiben. Sie befestigt die Pflanze mit einer u-förmigen Klammer auf einem länglichen schwarzen Stück Farntorf und erklärt mir, es sei eine *Larat*, die an dem bald ausgewachsenen Stiel eine Traube aus sechs, acht oder sogar noch mehr Blüten tragen würde, diesmal aber nicht in den Farben purpurrosa oder samtig dunkelrot, sondern schneeweiß, mit einem sanftgrünen Kelch.

»Die Albino. Sie ist sehr selten, und auch sehr teuer!«

Und sie nennt den dazugehörigen Namen, »Hololeuca«.

»Schöner als Lilien!«

Es ist das erste Mal, dass sie sich einer weißen *Larat* bemächtigen konnte. Jetzt vertraut sie mir auch an, nun endlich ausprobieren zu wollen, worauf sie schon so lange hofft: Die weiße Pflanze mit einer anderen zu kreuzen, sie weiß schon, mit welcher, mit der, die ich auch so liebe, nämlich die gelb und dunkelbraun gefleckte Tigerorchidee.

»Weiß und braun, Toet! *Boleh tjampur*, oder?«

Sie hält den Kopf schräg und schaut mich mit leicht lächelnden Augen an, während sie sich eine Strähne ihres halblangen schwarzen Haares, die sich aus ihrer Haarspange gelöst hat, hinters Ohr streicht.

Aber nicht nur die Orchideen verbanden mich und Non. Etwas anderes war noch stärker, und gleichzeitig merkwürdiger als unsere Blumenliebe. Ich wusste, dass Non Dinge sehen und hören konnte, die anderen Menschen verborgen blieben. Das Hauspersonal sprach darüber, wenn Frau Mijers nicht in der Nähe war, jedoch nie vor Dee und mir. Non wich all unseren Fragen über diese rätselhafte Begabung aus. Ihr alltägliches Tun und ihre unauffällige Erscheinung waren uns so vertraut, dass wir ihre besondere Gabe, von der wir nie etwas bemerkt hatten, nicht weiter beachteten.

Dee und ich übernachteten oft beieinander, vor allem in den ersten Jahren unserer Gymnasialzeit, als unsere Gespräche über den Unterricht, die Lehrer und Mitschüler niemals versiegten. Fast gleichzeitig bekamen wir unsere Periode und dadurch auch das Gefühl, Anspruch auf ein eigenes Leben zu haben, eigene Geheimnisse, einen Bereich, in dem Erwachsene nichts zu suchen hatten. Unser Gekicher und Geschwätz bis tief in die Nacht brachten sowohl meine Eltern als auch Frau Mijers schließlich dazu, mich nur im Gästezimmer schlafen zu lassen. Bei Frau Mijers war der Pavillon für Gäste hergerichtet, ein kleines Replikat des großen Hauses mit eigener Veranda zu beiden Seiten. Ich fühlte mich geehrt – das großzügig geschnittene Zimmer, das Doppelbett mit Moskitonetz – aber wenn ich wach da lag und den Nachtgeräuschen der Insekten und anderen Tiere draußen im Garten und dem Rauschen der hohen Bäume lauschte (vor allem das Säuseln und Knarren des riesigen *waringin*s am Ende des Wegs neben dem Grundstück, der nirgendwohin führte), überkam mich manchmal eine unerklärliche Angst, so als würde ich in eine unendliche Leere gesaugt.

Einmal, in solch einer Nacht, hielt ich es im Bett nicht mehr aus. Ich rannte hinaus, durch den überdachten Laubengang zwischen dem Pavillon und dem Hauptgebäude. Plötzlich sah ich jemanden durch den Garten gehen, eine weiß gekleidete Gestalt, die sich dann in der Hecke am *waringin* in Nebel auflöste.

Im dem Moment trat Non aus ihrem Zimmer. Sie schaute mich an und legte einen Finger auf die Lippen. Wie lange wir so da standen, weiß ich nicht. Später hielt Non mich fest und rieb meine eiskalten Hände und Füße.

»Du hast den Hadschi gesehen, Toet!«

Sie schien nicht erstaunt, eher zufrieden, als ginge es um etwas, worauf sie gewartet hatte. Natürlich kannte ich den hochkant gestellten schmalen Stein am *waringin*, unter dem vor ewigen Zeiten ein frommer Mann begraben worden war, der die Pilgerfahrt nach Mekka unternommen hatte. Die Einheimischen im Viertel legten regelmäßig Blumen und in *pisang*-Blätter verpackten Reis und Süßwaren am Fuß des Baumes nieder.

Danach sah ich den Hadschi öfter, in den stillen Abendstunden oder kurz vor Sonnenaufgang, aber immer in Anwesenheit von Non, und nur, wenn sonst niemand dabei war.

Non lebte in diesem Haus seit dem Tod ihres Vaters, als sie vier oder fünf Jahre alt war. Von Anfang an hatte sie den Hadschi gesehen, nachts oder in aller Frühe, wenn alle noch schliefen. Sie wurde dann mit dem Gefühl wach, aus dem Bett steigen und ans Fenster treten zu müssen. Schon damals bewohnte sie das Zimmer, das ich immer als ihres gekannt habe. Sie kletterte auf einen Stuhl und öffnete die Fensterläden einen Spalt breit. Ab und zu schien der Hadschi bewegungslos über dem Erdboden zu schweben, dicht neben ihr. Niemals sah sie sein Gesicht, das die Kapuze seines weißen Mantels verbarg. Manchmal verstrichen Wochen oder Monate, ohne dass er sich ihr im Schlaf ankündigte und sie ans Fenster drängte. Sie hatte das Gefühl, er wolle ihr etwas sagen, aber was es war, wusste sie jetzt noch immer nicht, obwohl sie so viel älter war. Sie erzählte mir, sie sei so an seine Erscheinung gewöhnt, dass er inzwischen zu ihrem Leben gehörte, wie ein Freund oder ein Verwandter. Nie hätte sie Angst vor ihm gehabt, und ich bräuchte auch keine zu haben. Dass ich ihn sehen konnte, zeigte ihrer Meinung nach seine Bedeutung für uns beide. Irgendwann würde uns das bestimmt offenbart.

Ich traute mich nicht, zu Hause darüber zu sprechen, weil meine Eltern mich gewiss auslachen würden. Spukende weiße Hadschis gehörten schließlich zur Standardfolklore hierzulande. Auf gar keinen Fall sollten sie Non zur Rechenschaft ziehen.

Was mache ich hier eigentlich? Seit ich mich gezwungen habe, für Moorlands Nachforschungen aufzuschreiben, was ich noch über Dee weiß, kann ich nur noch daran denken. Mit den Erinnerungen an sie kommt auch all das Andere zurück, eine Welt der sinnlichen Eindrücke, Farben, Düfte, Geräusche, die Lichtschattierungen. Das Persönliche droht die reinen Tatsachen zu überwuchern. Manchmal sind die Bilder, die in mir aufkommen, zum Greifen nahe. Ich bin dann wieder dort, brauche nur aufzuschreiben, was ich noch einmal erlebe. Ich bin überwältigt, empfinde es als ein besonderes Geschenk im Alter. Aber es beunruhigt mich auch ein wenig. Ich werde von einem unaufhaltsamen Strom mitgerissen. Warum passiert das? Bricht sich ein lange unterdrücktes Bedürfnis Bahn, endlich zu tun, was ich nie gekonnt habe: Mich selbst definieren, Klarheit schaffen über die entscheidenden Momente meines Lebens?

Ein Brief von Moorland. Er bedankt sich für die Liste mit einigen Daten und Fakten zu Dee. Er nennt sie »zwar nicht sehr ausführlich«, was natürlich stimmt. Ich kann ihm unmöglich schicken, was ich in den letzten Tagen für mich selbst geschrieben habe. Aber er fragt nach weiteren persönlichen Angaben, dieses Mal über meine und Tacos Jugendzeit, weil wir Dee beide gekannt haben.

Wo hat die Jugend von Menschen unserer Generation, unseren Lebensumständen aufgehört?

Taco Tadema, geboren 1918, Bandoeng

Batavia 1937: Abitur, danach Jura an der Universität Leiden.

Ende 1939: im Zusammenhang mit den internationalen Spannungen (der Zweite Weltkrieg war bereits im Gange) auf die dringende Bitte seiner Eltern zurück nach Batavia, Fortsetzung des Studiums an der dortigen Fachhochschule für Jura.

Während der japanischen Besatzung 1942-1945 interniert und Zwangsarbeiter an der Thailand-Burma-Eisenbahnstrecke.

1945: Nach seiner Gesundung Geschichtsstudium in Amsterdam.

1949: Magisterprüfung.

Zu meiner Person

Bis zur 9. Gymnasiumklasse Mitschülerin von Dee Mijers, die danach zur dreijährigen Fachhochschule wechselte (Besonderheiten kann Moorland der Liste über sie entnehmen).

1939: Abitur. Umzug in die Niederlande, Zweifel über Studienwahl. Kunsthochschule? Grafikdesign? Während der deutschen Besatzung (1940-1945) in Overijssel bei den Großeltern mütterlicherseits, in dem Haus, in dem ich nun lebe.

Von 1945 bis 1949: Studium der Kunstgeschichte in Amsterdam und Paris.

1950: Magisterprüfung.

In demselben Jahr haben Taco und ich geheiratet, danach in unseren jeweiligen Fachbereichen gearbeitet, in der Forschung, als Dozenten, Publizisten.

Ich habe Non 1952 und 1967 in Indonesien besucht. Dee habe ich 1952 in Jakarta gesehen, und 1964 noch einmal in Paris, wo Taco ihr zufällig begegnete, als wir ein paar Tage dort verbrachten.

So was in der Art kann ich Moorland schicken. Aber was nutzt ihm das? Was haben die wenigen Angaben über Taco und mich mit seinen Nachforschungen über »Mila Wychinska« zu tun? Eigentlich müsste er noch so viel mehr erfahren.

Immer wieder frage ich mich, worauf ich mich hier eingelassen habe. Ich hätte doch auch ablehnen können? Vielleicht beweist meine Zusage, dass es jetzt an der Zeit ist, alles in Ordnung zu bringen. Schließlich befinde ich mich in der letzten Phase meines Lebens. In Kürze kommt die Nachricht, dass in »Het Hoge Bos« zwei Zimmer für mich frei geworden sind. Im Wissen dieses Umzugs räume ich bereits auf. Dreiviertel meiner Bücher habe ich für den Verkauf aussortiert, ein paar Möbel gewählt, die mitkommen. Der Rest muss weg. So würde ich auch gerne mit meinen Erinnerungen klar Schiff machen.

Dee, Non, Taco ... sie sind für mich entscheidend gewesen. Ich kann nicht an Früher denken, ohne alle drei einzubeziehen. In meinem Verhältnis zu ihnen liegt die Antwort auf Fragen, denen ich schon so lange aus dem Weg gehe.

Schönes Herbstwetter heute. Zum ersten Mal seit Wochen bin ich mal wieder zum *pondok* gegangen. In der Sonne ist es warm auf der schmalen Veranda. Die Bäume haben schon einen Teil ihrer Blätter fallen lassen, durch das Geäst sehe ich drüben mein Haus.

Wie naiv ich vor fünfundzwanzig Jahren war, zu glauben, Taco seine Lebenslust durch den Bau dieser Hütte in unserem Garten wiedergeben zu können. Glaubte ich, er würde in dieser verkleinerten Kopie eines Ferienhauses im Preanger-Bergland seine schreckliche Reise zu den Banda-Inseln und die Geiselnahme auf den Philippinen vergessen können? Mühsam gelang es ihm auf Krücken, die paar hundert Meter zwischen unserer Gartentür und dem *pondok* zurückzulegen. In der ersten Zeit saß er nur schweigend da und starrte vor sich hin. Dass ich ihm nicht helfen konnte, machte mich verrückt. Wo war er mit seinen Gedanken, was sah er, den Blick so unbeweglich auf das dichte Sommergrün gerichtet? Das andere, viel dichtere und dunklere Grün des Urwalds, das undurchdringliche Dickicht um den Käfig, in dem seine Entführer ihn nach einem misslungenen Fluchtversuch gefangen hielten? Oder führte er sich die Bilder wieder vor Augen, die ihn damals innerlich gestärkt und am Leben gehalten haben: der azurblaue und türkisfarbene Bandasee, die lieblichen Inseln mit ihren Stränden aus Korallensand, die Reste historischer Forts, auf die er gestoßen war, Spuren der ersten VOC*-Festungen?

Allmählich schien es ihm besser zu gehen und der *pondok* wurde bei gutem Wetter sogar der Ort, an dem er den Tag am liebsten verbrachte, manchmal auch die Nacht. Auf diesem Tisch hier lagen ja seine Bücher und Ordner, und seine Schreibmaschine war in Reichweite. Ich betrachtete das als einen Beweis für die erneute Arbeit an seinem »Laurens Reael«. Erst viel später wurde mir klar, dass er den Plan für die Biografie aufgegeben hatte. Als er seine Unterlagen nicht mehr anrührte, habe ich sie, mit seinem Einverständnis, in meine Ebenholztruhe gelegt. Von all den Sachen, an die ich jetzt nicht herankomme, ist das Manuskript am wertvollsten.

---

* VOC: Vereinigte Ostindische Compagnie, eine der größten Handelsunternehmungen im 17. und 18. Jahrhundert mit Hauptsitz in Batavia (Jakarta), die vor allem mit dem Gewürzhandel Reichtum und Macht gewann.

Für sein Buch hatte Taco den Titel »Blüte weckt Neid« gewählt, Reaels Wappenspruch: »Invidia florenti infesta«. In meiner Truhe liegt die Reproduktion eines Porträts, das ein unbekannter Maler von diesem dritten Generalgouverneur angefertigt hat, der 1615 bis 1619 im Dienst der VOC war, Doktor der Rechtswissenschaft, Gelehrter, Amateur-Mathematiker und Astronom. Ein intelligentes Gesicht mit dem Anflug eines Lächelns um den Mund und in den dunklen Augen. Kein Kaufmann, schlicht gekleidet, jedoch mit kostbaren Spitzenmanschetten, und »dem Rapier an der Seyte«. Taco hat alle Einzelheiten über die Regierungszeit Reaels auf den Molukken nahezu lückenlos zusammengetragen. Er war davon überzeugt, dass gravierende Probleme bei Entscheidungsprozessen und auch Einzelmeinungen dabei unterschlagen worden waren, verheimlichte Unstimmigkeiten mit den Herren der VOC, die meinten, Reael trete gegenüber der einheimischen Bevölkerung und den ausländischen Konkurrenten zu mild auf, zu humanistisch-philosophisch, er sei zu »weich« für den Posten in jener Zeit. Reael war ein Anhänger des Dialogs und respektierte die Denkweisen und Sitten der Völker, mit denen er zu tun hatte. Kaum ein Jahr nach seiner Bestellung reichte er die Kündigung ein, die ihm auch unverzüglich gewährt wurde, aber erst im Jahre 1619 konnte er die Verwaltung tatsächlich demjenigen übertragen, den er empfohlen hatte, Generaldirektor des Handels in Bantam, Jan Pieterszoon Coen. Warum trat ein einfühlsamer Leiter wie Reael seine Stelle an diesen unerbittlichen Mann der harten Hand ab?

Reael wurde der unsichtbare Dritte in unserem Haus. Wir sprachen über ihn wie über jemanden, den wir persönlich gekannt, jedoch aus den Augen verloren hatten und über den wir unbedingt herausfinden wollten, wie es ihm ergangen war. War etwas dran an der Behauptung P.C. Hoofts, Reaels berühmtem Freund, viele wären der Meinung, es sei gefährlich, einem derart befähigten Mann, der mühelos alle VOC-Leiter überflügeln könnte, so viel Macht anzuvertrauen? Wenn ich mich recht entsinne, hatte er im Rekordtempo Karriere gemacht, war innerhalb von vier Jahren vom Rechtsberater zum Generalgouverneur aufgestiegen. Wir fragten uns, was wohl in seinen »Ratschläge für Personen, die sich nach Niederländisch-Indien begeben«, gestanden haben mag, ein Büchlein, das leider verloren gegangen ist. Barlaeus, ein anderer guter Freund, erwähnt irgendwo ein von Reael während seines Aufenthalts auf den Molukken verfasstes »Nobles Heldenepos« (vielleicht über die Wertigkeit und den Mut einheimischer Führer und Krieger), das auch verschollen ist. Und, die faszinierendste Frage: In wieweit hätten sich die Dinge anders entwickelt, wenn die ersten Kontakte der VOC auf den Gewürzinseln von einem Landvogt mit Reaels Einstellung aufgenommen worden wären? Taco fand es bezeichnend, dass zahlreiche Briefwechsel und amtliche Dokumente über diesen Zeitraum unauffindbar waren. Vieles blieb im Dunkeln.

War Reael tatsächlich der Berater hinter den Kulissen, als Coen im Jahre 1619 Batavia gründete? Hat er seine Kündigung als Generalgouverneur angeboten, weil eine von ihm angeordnete Expedition zu den Spanischen Philippinen nach einer blutigen Seeschlacht bei Manila missglückt war? Oder weil der Befehl der VOC, einen Teil der Ernte der Lokalbevölkerung zu vernichten, um unerwünschten Verkauf an Konkurrenten zu verhindern, ihm unerträglich war?

Taco gelangte mit seinen Nachforschungen über Reaels Zeit auf den Molukken nur bis zu einem bestimmten Punkt. Die Frustration wog umso schwerer, da er wegen seiner angeschlagenen Gesundheit nicht mehr die Energie hatte, die Vermutungen, die er während seiner Reise nach Ternate und die Banda-Inseln angestellt hatte, auf ihren Wahrheitsgehalt hin zu prüfen.

In der ersten Zeit nach seiner Rückkehr erzählte er mir ab und an noch einiges. Ich wusste von den vielen verlassenen und zu Trümmern verfallenen jahrhundertealten Forts, die er auf Bandaneira, Banda Besar, Pulau Ai und Pulau Pisang vorgefunden hatte. Auf Ternate hatte er das Fort Benteng Oranje besucht, wo Reael als Gouverneur der Molukken gewohnt hatte. Wegen ihrer Lage und der Ausmaße der mächtigen Wälle und Bastionen war die Ruine noch immer beeindruckend. Tacos Tasche mit seiner Leica und den vielen Fotos, die er aufgenommen hatte, ging verloren, als er in den Gewässern nördlich von Morotai von Leuten entführt wurde, die er für Piraten hielt. Später wurde ihm klar, dass es muslimische Rebellen von den Philippinen gewesen sind, die ausländische Touristen aus dem Westen verschleppten, um Lösegeld zu fordern. Lange Zeit hat er auch nicht gewusst, dass er sich auf einer der kleinen Sulu-Inseln befand, unterhalb von Mindanao.

Der Verlust seiner Notizen und des Bildmaterials quälte ihn auch weiterhin. Er wollte nicht mehr an das unerfreuliche Abenteuer erinnert werden. Also sprachen wir nie darüber.

Satzfetzen, die Taco in seinen letzten Lebenstagen murmelte, als er schon nicht mehr ganz bei Bewusstsein war. Manchmal schien er jemanden zu verteidigen, der ihn erst in die Falle gelockt, später aber wieder von den unerträglichen Qualen erlöst hatte. Er meinte wohl den Käfig, dieses Foltergerät, so niedrig und eng, dass er nur hocken oder knien konnte, und an allen Seiten für Wind, Regen und Ungeziefer offen. In diesen Tagen wurde mir erst bewusst, dass er den größten Teil seines Elends vor mir verschwiegen hat. Sterbend erlitt er die Folter nochmals, wehrlos gegenüber den

Misshandlungen und Demütigungen, die ich aus seinem Stöhnen, der Art, wie er sich duckte und versuchte, seinen Kopf zu schützen, erraten konnte.

Man hat mir seinerzeit erzählt, er und andere Geiseln verdankten ihre Befreiung der örtlichen Bevölkerung, die das philippinische Militär auf die Spur des Rebellenlagers gebracht hatte.

Wer die Person war, gegen die sich seine abwechselnd anklägerischen, wütenden und flehenden, aber immer zusammenhanglosen und nur halb verständlichen Ausbrüche richteten, wusste ich nicht. Nie nannte er einen Namen.

Als Taco 1945 aus Birma wiederkehrte, haben die Ärzte ihm gesagt, er könne infolge innerer Verletzungen und Infektionen, die er sich in den Urwaldlagern zugezogen hatte, wahrscheinlich keine Kinder zeugen. Das Haus meiner Großeltern würde also niemals eine Familie aufnehmen. In den Zeiten, in denen wir beide wegen unserer Arbeit im Westen des Landes oder im Ausland zu tun hatten, haben wir es oft vermietet. Erst nach 1960 lebten wir wirklich dort. Für Leute wie uns war es immer ein idealer Wohnort. Jeder ein eigenes großes Arbeitszimmer und außerdem genügend Platz für eine gemeinsame Bibliothek. Wir waren so glücklich, wie wir es unter diesen Umständen nur sein konnten. Ich habe immer gedacht, dass wir glücklich waren.

Die Verheißungen unserer Jugendjahre auf Java haben sich nicht erfüllt. Krieg und Besatzung haben uns etwas Wesentliches genommen. Aber teilten wir dieses Schicksal nicht mit unzähligen jungen Leuten unserer Generation? Taco war am Leben geblieben.

Frau Mijers war nicht groß, mollig ohne dick zu sein, mit geschmeidigen Bewegungen, die immer wieder auffielen, etwa wenn sie in die Knie ging, um etwas aufzuheben (bücken gehörte sich nicht für eine Frau) oder um ein Tier zu streicheln. Orientalisch waren ihre großen dunklen Augen und ihr Teint, zwischen weiß und braun, mokkafarben, oder für die Javaner *kulit langsep*, die vornehme Farbe der Dukufrucht.

Sie war der Inbegriff einer Dame, im klassischen Sinne des Wortes. Was ihr Verhalten und ihre Erscheinung betraf, hielt sie sich konsequent an den Stil und die Gepflogenheiten des neunzehnten Jahrhunderts. Außerhalb ihres Schlafzimmers zeigte sie sich nie anders als »gekleidet«, die Haare sorgfältig frisiert, eine dünne Puderschicht auf dem Gesicht. Selbst wenn es heiß war, trug sie Strümpfe und geschlossene Schuhe. Mich faszinierten vor allem die vielen schmalen goldenen Armbänder, die ich durch die langen Ärmel ihrer Voilekleider funkeln sah und die bei jeder Bewegung leise klirrten. Empfing sie Gäste oder stattete sie selbst einen Besuch ab, erschien sie in schlichter Toilette, farblich unauffällig und einfach geschnitten, aber mit kostbaren Diamanten an Ohren und Fingern.

Meine Mutter ging in den frühen Morgenstunden, ihren Schlüsselkorb am Arm, immer im Kimono zu den Nebengebäuden, um Vorräte zu verteilen, sich mit dem *kokkie* zu beratschlagen und die Aufgaben des Hausjungen und der *babus* für den Tag zu besprechen. Meist ging es entspannt zu, dort an der Küche oder auf dem Platz neben dem Brunnen, wo die Wäsche gemacht wurde. Frau Mijers hingegen residierte an einem festen Platz auf ihrer hinteren Veranda. Ihr Stuhl stand immer so, dass sie die Aussicht über den Garten im Morgenglanz genießen konnte, wenn der Tau noch zwischen den Grashalmen und Blättern funkelte. Das Hauspersonal holte sich hier einer nach dem anderen, ihrem Rang entsprechend, ihre Anweisungen ab. Dieses feudale Ritual nahm viel Zeit in Anspruch und ging mit Befragungen und Tadeln einher.

Frau Mijers erhob niemals die Stimme, sprach jedoch in einem Ton, der keine Widerworte duldete, und blickte, wie es ihre Art war, gebieterisch und reserviert.

Gleichzeitig aber trug sie Sorge für ihr Personal, über das sie alles wusste. Manche waren die Kinder von Angestellten, die früher auf Landgut Pakembangan gearbeitet hatten. Mit Moenah, ihrer Vertrauten unter den *babus* hatte sie als kleines Mädchen gespielt. Dee meinte einmal, Moenah sei wahrscheinlich auch ein Kind von dem alten Lamornie de Pourthié.

Im Salon hing ein Gemälde von Frau Mijers als Achtzehnjähriger, das am Vorabend ihrer Ehe mit dem Korvettenkapitän Johannes Mijers gemalt worden war. Ich habe es so oft und so genau betrachtet, dass ich es jetzt noch vor mir sehe. Sie trägt ein bescheiden ausgeschnittenes weißes Kleid mit leicht gebauschten Ärmeln. Nichts lenkt die Aufmerksamkeit von ihrem selbstbewussten Blick ab, ihrem stolz erhobenen Kopf, den ein kugelförmiger Haarknoten ziert. Da steht die ideale Braut für einen Mann, der hofft, einmal eine Stellung am Hof Buitenzorg zu bekleiden. Laut Frau Mijers gab es auf Pakembangan ebenfalls ein solches Staatsporträt von ihrer Schwester. Ich weiß um ihre jahrelangen Bemühungen, es in ihren Besitz zu bekommen, aber nach den unerquicklichen Vorfällen im Zusammenhang mit dem Tod Louises hatte sie jeglichen Kontakt zu den Bewohnern des Anwesens abgebrochen. Non ging ab und an nach Pakembangan, jedoch nie zum Landhaus selbst, sondern nur in die Nebengebäude, um frühere Angestellte ihrer Großeltern zu besuchen. Später wurde mir klar, dass sie diese Menschen als Familienmitglieder ansah. Wahrscheinlich waren sie das auch.

In all den Jahren, in denen ich fast täglich im Hause von Frau Mijers verkehrte, habe ich niemals auch nur die leiseste Andeutung gehört, dass sie und ihre Familie eigentlich von hier stammten. Wohl fiel mir immer wieder auf, dass sie für Schreibkräfte, Ladenpersonal und die jungen Leute, die nachmittags um die Teezeit herum auf Motorrädern durch die Straßen von Weltevreden knatterten, oft die Bezeichnung *Indo* benutzte, ein Wort, das mir meine Eltern verboten hatten, weil es als Beleidigung galt. Auch Louis ließ sich oft herablassend über *sinjos* und *katjangs* aus. Seine halb überhebliche, halb selbstspöttische Haltung wirkte manchmal aufgesetzt. Ihm ging Frau Mijers' selbstverständliche Allüre, die ich mit der Zeit als Ausdruck ihres Standesbewusstseins zu verstehen lernte, nämlich die intuitive Beachtung aller Höflichkeitsregeln, die ihr von klein auf beigebracht worden waren, gänzlich ab. Als Töchter eines Larmonie de Pourthié hatten sie und Louise eine gewissenhafte europäische Erziehung genossen, einschließlich zwei Jahren »finishing school« in Lausanne. Meine Mutter, die Frau Mijers aus dem batavischen Vereinsleben der Damen kannte, ließ sich stets voller Bewunderung über ihren Sachverstand, Takt und guten Geschmack aus, mit dem sie sich um das Catering und die Dekoration für Basare und zahllose andere, zumeist wohltätige Veranstaltungen kümmerte. Eine bessere Gastgeberin gab es nicht.

Das unterschiedliche Auftreten von Mutter und Sohn zeigte sich vor allem im Ton und Verhalten gegenüber Einheimischen. Frau Mijers fühlte sich dem Freud und Leid ihres Personals äußerst verbunden, die ihrerseits eine nahezu heilige Ehrfurcht vor ihr hatten und ihr all ihre Sorgen und Probleme anvertrauten. Markthändler, *deleman*-Fahrer und andere Leute aus dem Volk behandelte sie pragmatisch, jedoch unter Berücksichtigung des *adat*, auf ihre sehr eigene, nicht unfreundliche sachliche Art, die sofortigen Respekt abnötigte. Louis nahm es sich heraus, Leute anzuschnauzen und herumzukommandieren und zwar in einem

Ausmaß, neben dem die Arroganz mancher niederländischen *totoks* verblasste.

Dass Frau Mijers von hier war, zeigte sich in allerlei Gewohnheiten und Ritualen, die sich, wie die Motive eines Musters, im Gewebe ihres Daseins ständig wiederholten. In regelmäßigen Abständen bekam sie Besuch von »ihrem« *klontong* und von einem speziellen Batikhändler. Sie duldete keine Straßenverkäufer in ihrem Haus. Die Waren wurden auf der hinteren Veranda ausgelegt. Bekamen wir die Gelegenheit dazu, bewunderten Dee und ich die von buddhistischen Nonnen gefertigten Spitzen- und Stickarbeiten, die der Chinese feilbot, oder hörten uns Frau Mijers' Diskussionen mit dem Javaner über Qualität (und Preis) der *kains*, die er vor ihr ausbreitete, mit an. Sie war in ihrem Urteil und ihrer Wahl äußerst streng und interessierte sich ausschließlich für die mit heißem Wachs auf Tuch gemalten echten Batikstoffe, die man zuvor in Bädern mit den klassischen Farben Indigo und Ocker getaucht hatte. Die fast ebenso schönen bunten und phantasievollen Stoffe in der Batik-Tjap-Technik lehnte sie ab. Non sagte, diese Einkäufe seien allesamt als Geschenke gedacht: die Batiksachen für indonesische Bekannte zu ihren Feiertagen, die chinesischen Handarbeiten für europäische Kontakte.

Ebenso bezeichnend waren Frau Mijers' Beziehungen zu einer steinalten Masseuse, die sie seit Anfang ihrer Ehe gegen Muskel- und Nervenschmerzen behandelte, sowie zu einer Kräuterfrau, bei der sie Arzneimittel für sich und ihr Personal bestellte. Die Verhandlungen mit dem *klontong* und dem Batikverkäufer spielten sich immer auf der hinteren Veranda ab, die Kräuterfrau und die Masseuse jedoch wurden im Schlafzimmer empfangen, das außer Moenah niemand betreten durfte.

Auch Non wandte sich ab und zu an die *djamus*-Lieferantin,

aber – wie sie sagte – weniger wegen der Elixiere, Heilsäfte oder Salben, sondern um sich über bestimmte Pflanzen zu informieren.

Eine für mich unverständliche Seite von Frau Mijers' Persönlichkeit betraf ihre Beziehung zu Non. Ich fand es oft peinlich mitanzusehen, wie sich Non geräuschlos auf Schlappen durch das Haus bewegte, wie jemand, der eigentlich nicht dorthin gehörte, oder schweigend dem *sepèn* beim Tischdecken half, wenn Frau Mijers eines ihrer Mittagessen für die Damen von Batavia gab. Dennoch herrschte zwischen Mutter und Tochter ein unmerkliches Einvernehmen, eine stillschweigende Einmütigkeit. Dee erzählte mir etwas, das ich selbst nie gesehen und auch sie nur heimlich beobachtet hatte: Wie Frau Mijers und Non abends im *pendoppo*, außer Sicht der Nebengebäude, gemeinsam die Leckerbissen verspeisten, die Non auf der Straße bei einem *warong* gekauft hatte. Nach einem Besuch auf Pakembangan erstattete Non ihrer Mutter immer Bericht, den Dee, wenn es ihr gelungen war, sich über einen Umweg durch den Garten hinter einem Strauch zu hocken, belauschte. Die halblauten Gespräche ihrer Großmutter und ihrer Tante dauerten stundenlang, aber so sehr Dee sich auch anstrengte, mit den aufgeschnappten Geschichten über Leute, die sie nicht kannte, und über Dinge, die sich vor ihrer Geburt ereignet hatten, konnte sie so gut wie nichts anfangen.

Wir wussten, es hatte mit dem *perkara*, dem Krach, zu tun. Im Laufe der Jahre hatten wir schon Bruchstücke davon mitbekommen. Non ließ ab und zu eine Bemerkung fallen, wenn wir nach Pakembangan fragten. Sie und Frau Mijers betrachteten es ja immer noch als Familienbesitz, obwohl dort nun ihr Feind wohnte, der frühere Ehemann von Frau Mijers' Schwester mit seiner zweiten Frau und einem Sohn etwa in unserem Alter. Ich hörte meine Eltern ebenfalls über diese Dinge sprechen, untereinander und mit Louis, wenn er in Batavia war. Im Gegensatz zu Frau Mijers und Non taten sie nicht geheimnisvoll und dämpften ihre Stimmen auch dann nicht, wenn ich in Hörweite war.

Als mein Vater Louis kennenlernte, im Jahre 1918 an Bord der SS Vondel, war er von dessen weltmännischem Auftreten zutiefst beeindruckt. Verglichen mit diesem Altersgenossen in englischen Maßanzügen, den lässigen Manieren und seiner offensichtlichen Lebenserfahrung habe sich mein Vater wie ein »Grünschnabel« gefühlt. Louis hing der Nimbus der steinreichen javanischen Großgrundbesitzer an. Seine Buchung lief unter dem Namen Lamornie de Pourthié Mijers. Mein Vater war kein Snob, wusste auch noch nichts über Niederländisch-Indien. Er war überrascht und berührt von der selbstverständlichen Leichtigkeit, mit der Louis ihn, den *baar*, in die koloniale Gesellschaft einführen wollte. Sie spielten zusammen Karten und Billard im Rauchersalon und legten, in Gespräche vertieft, viele Kilometer auf dem Promenadendeck zurück.

Als das Schiff in Priok ankam, war ihre Freundschaft beschlossene Sache. Schon in der ersten Woche seines Aufenthalts zog mein Vater aus der düsteren Junggesellenpension, in der er von der Kolonialbehörde untergebracht worden war, in Frau Mijers' Gästepavillon. Dort wurde er Zeuge eines Dramas.

Louis wusste schon eine Weile vom Tod seiner Patentante auf Pakembangan. An Bord hatte er meinem Vater von seinen Plänen mit dem Landgut erzählt, in der Annahme, der Witwer würde nun sicherlich in die Niederlande zurückkehren. Als er zu Hause ankam, erfuhr er jedoch, dass der Mann, der seiner Tante das Leben schwer gemacht hatte, sich infolge von Unklarheiten im Testament des alten Lamornie de Pourthié als rechtmäßiger Erbe von Louises Anteil am Familienbesitz betrachtete. Zur allgemeinen Empörung hatte er fast unmittelbar nach dem Begräbnis erneut geheiratet, und sollte bald Vater werden. Er dachte gar nicht daran, das Anwesen zu verlassen, das er über so viele Jahre verwaltet hatte.

Hinter der mondänen Fassade trat plötzlich ein anderer Louis hervor. Er war völlig außer sich vor Wut, imstande den Usurpator – bewaffnet mit seinem Jagdgewehr – stehenden Fußes aus Pakembangan zu vertreiben und ihn bei Widerstand abzuschießen wie einen tollwütigen Hund. Frau Mijers, die Rechtsanwälte hinzugezogen hatte und wusste, dass Louis eigentlich keine Ansprüche geltend machen konnte (selbst hatte sie sich zu Lebzeiten ihres Vaters »abfinden« lassen), beschwor ihren Sohn auf Knien, wie Non sich erinnerte, den Skandal nicht noch zu verschlimmern und sein Leben nicht durch eine unwiderrufliche Tat zu ruinieren.

Seither waren gegen den neuen Besitzer von Pakembangan ernsthafte Bedenken ganz anderer Art laut geworden. Das waren die Dinge, die vor Dee und mir verborgen gehalten wurden.

Wir verstanden nicht, warum Louis in seinen Gesprächen mit meinen Eltern auch nach so vielen Jahren immer wieder darauf zurückkam, es sei notwendig, Beweise für etwas zu erlangen, was »dieser Schuft« getan habe. Käme das ans Licht, fiele Pakembangan seiner Meinung nach trotz der Verjährung wieder einem Nachkommen der Muntinghs zu. Dass mein Vater dies jedes Mal bezweifelte und vor den Risiken überstürzter Aktionen warnte, führte letztendlich zu einer spürbaren Entfremdung zwischen den alten Freunden. Von meinem Zimmer aus (ich lag bereits im Bett) hörte ich einmal einen heftigen Wortwechsel, in dem Louis meinen Vater der Diskriminierung beschuldigte und ihm vorwarf, als *totok* sowieso rein gar nichts von den Verhältnissen in diesem Land zu begreifen.

Louis Mijers und meine Eltern gingen ohne lästige gegenseitige Verpflichtungen miteinander um. Als ich noch klein war, ging er bei uns ein und aus, wie mir später klar wurde wohl vor allem, um der nicht nachlassenden Besorgnis und den Ratschlägen seiner Mutter zu entkommen, die wollte, dass er eine Stelle annahm. Mit seinem Studebaker durchkreuzte er Java, blieb wochenlang von zu Hause fort, war mal hier und mal dort bei seinen zahlreichen Bekannten zu Gast. Bei Wochenendausflügen in die Umgebung von Batavia oder durch das Preanger-Gebirge nahm er, außer Dee, oft auch meine Eltern und mich mit. Wenn wir »rauffuhren«, übernachteten wir von Samstag auf Sonntag in einem der recht luxuriösen Berghotels, das wollte er nun einmal. Ich bin sicher, er lud uns zu diesen Ausflügen ein. Dee und ich genossen die Schwimmbäder und den Pavillon für uns allein, mit eigenem Bad und einer Veranda, auf der uns das Frühstück und der Nachmittagstee serviert wurden, als seien wir Erwachsene.

Später, im Rückblick auf die anscheinend so problemlose Beziehung zwischen uns und der Familie Mijers, erinnerte ich mich noch an Dinge, die mir als Kind nichts gesagt haben, und erst später verständlich wurden, als sich bestimmte Ereignisse im Jahre 1919 zugetragen hatten. Das großzügige Auftreten von Louis, der einst meine Mutter heiraten wollte, sie jedoch »verloren« hatte, als sie sich in meinen Vater verliebte, war noch immer eine Art Hofieren und muss der Grund für sämtliche unterschwellige Spannungen und mehr oder weniger unerquickliche Situationen gewesen sein.

Ein zufällig aufgeschnappter Gesprächsfetzen ist mir immer im Gedächtnis geblieben. Meine Eltern sprachen über Louis, der keiner Arbeit nachging.

»Er braucht nicht zu arbeiten, er hat Geld genug«, sagte meine Mutter.

Danach mein Vater: »Ein sehr netter Kerl, aber ein Nichtsnutz. Schade, er ist ziemlich clever.«

»Ein wenig *pinter busuk* manchmal, meinst du wohl?«, sagte meine Mutter.

Sie fingen gleichzeitig an zu lachen, ihr einvernehmliches Lachen.

Meine Eltern galten allerorts als Musterbeispiel einer »gut gepaarten« Ehe. Mein gelassener Vater, integer und pflichtbewusst, in seiner Offenheit und seinem naiven Glauben an den Fortschritt ein Leben lang jungenhaft geblieben, hat damals in diesem jungen Mädchen aus Batavia, Niederländerin und seit ihrem zehnten Lebensjahr auf Java, vertraut mit allen Sitten und Gebräuchen der kolonialen Oberschicht, unbefangen selbstbewusst in ihrem Umgang mit allen Nationalitäten, und wie selbstverständlich zu Hause in den Tropen, die ideale Partnerin gefunden. Was ist der wesentliche Unterschied zwischen ihr und mir, die wir doch beide größtenteils von dengleichen Merkmalen geprägt wurden? Obwohl sie eindeutig anders war als die *totok*-Damen, mit denen sie verkehrte, vermisste ich bei meiner Mutter etwas, das ich bei Dee, Non und Frau Mijers als etwas Vertrautes, Verwandtschaftliches empfand.

Jedes Jahr nahmen mich meine Eltern ein paar Tage mit zu einem Gästehaus auf dem Hügel des Zwillingsvulkans Gedeh-Panggrango, um von dort aus zu den Wasserfällen von Tjibeureum zu wandern. Für sie war dieser Ausflug eine Wallfahrt zur Erinnerung an die ersten Tage ihrer Ehe. In meiner Ebenholztruhe liegt das Album mit den Fotos, die sie damals, im Dezember 1919, aufgenommen hatten. Meine Mutter zwischen den Wedeln des riesigen Tüpfelfarns, mein Vater auf einem Felsen, abwechselnd posierten sie vor dem Hintergrund der Berglandschaft oder tauchten als winzige Gestalten inmitten der Urwald-Vegetation auf. Die beiden einander zugewandt, als Silhouetten im Schatten des Waldes und im scharfen Kontrast mit der gleißenden Fläche des hinabstürzenden Wassers (sie müssen einen Selbstauslöser benutzt haben). Die Bildunterschrift verrät die poetische Ader meines Vaters, seine einzige Äußerung dieser Art, die meine Mutter und ich bei jeder Gelegenheit neckisch deklamierten und auch gern in den zum Nikolaus üblichen Gedichten verarbeiteten. Ich kenne den mächtigen Satz noch immer auswendig:

»Das dichte Blätterdach weicht auseinander und wie in einem funkelndem Meer rauscht dumpf dröhnend ein Riesenstrahl aus flüssig blinkendem Silber über hundert Meter die steile Felswand hinab in die Tiefe.«

So war es wirklich, ich habe es oft mit eigenen Augen gesehen, wenn wir nach zweistündigem Marsch über einen ziemlich steilen Pfad – das letzte Stück unter anschwellendem Brausen – plötzlich vom grünen Zwielicht aus auf die Lichtung traten, wo uns eine glitzernde Wolke aus zerstäubten Tropfen entgegen wehte.

Meist kletterten wir nach einer Rast noch zu den Heißen Quellen, und bei klarem Wetter noch weiter hinauf, durch einen Wald aus niedrigen bemoosten Bäumen, zu dem felsigen Kraterfeld des Gedeh, über zweihundert Meter über dem Meeresspiegel.

Während ihres ersten Ausflugs als Frischvermählte hatten meine Eltern es genauso gemacht. Sie verbrachten die Nacht in der Berghütte von Kandang Badak und sahen den Sonnenaufgang über dem gesamten Land zwischen dem Javasee und der Wijnkoopsbucht, dem flachen Landstreifen im Norden und den Bergzügen des Preanger-Hochlandes bis an die Südküste. Es gibt kein überwältigerendes Schauspiel als das plötzliche Aufscheinen der Morgenröte, ein Fächer aus feurigem Licht.

Ich glaube, dass ich damals dort gezeugt wurde.

Weshalb schreibe ich all das auf? Nicht für Bart Moorland, das war mir von Anfang an klar. Auch wenn ich die Ebenholztruhe nicht aufbekomme, bin ich durchaus fähig, für ihn die wichtigsten Dinge über Dees Kindheit und Jugend in Batavia aus meinen Erinnerungen zusammenzutragen. Darum geht es ihm schließlich. Ich habe nicht den geringsten Grund, ihn über die Irrungen Dees und ihre chaotischen Aktivitäten nach 1950 zu informieren. Im Übrigen sind meine Quellen auch nicht zuverlässig. Auch Non war nicht über alles auf dem Laufenden, obwohl sie das dachte. Vermutungen und Annahmen können Dees Ruf schaden (oder ihrem Andenken). Ich weiß auch nicht, welchen Ansatz Moorland für seine Nachforschungen verfolgt.

Jetzt schon ist klar, dass Tatsachen und Daten für sich allein wenig aussagekräftig sind. Die wirkliche Bedeutung liegt in dem Geflecht aus subjektiven, kaum in Worte zu fassenden Eindrücken, in dem Echo vergangener Wahrnehmungen und Stimmungen, und in dem für mich einst so reellen, nun jedoch wie ein Traum verdampften Gefühl der Symbiose mit meinem Heimatland.

Ich bin ein Produkt dieser letzten, schwer zu definierenden Periode Niederländisch-Indiens, den beiden Jahrzehnten zwischen den Kriegen: Einschneidende, stürmische Entwicklungen unter dem Deckmantel einer scheinbaren Ordnung, die entweder nicht bemerkt oder verstanden, beziehungsweise von der einheimischen wie auch der ansässigen europäischen Elite falsch eingeschätzt wurden. Das alte Niederländisch-Indien, in dem man auch als Holländer mit allen Vor- und Nachteilen Wurzeln schlagen konnte, war verschwunden, und für die »hierzulande Geborenen rein europäischer Herkunft«, wie es damals offiziell hieß, gab es keine Heimat mehr.

Mein Vater und meine Mutter waren tolerant, aber in politischer Hinsicht nicht progressiv genug, um Verständnis für das Bestreben der indonesischen Nationalisten aufzubringen, für ihren leidenschaftlichen Widerstand gegen den Status als Kolonie und die ihnen von einer völlig anders gearteten Kultur auferlegten Gesetze und Regeln. Theoretisch hielten meine Eltern den Ruf nach Unabhängigkeit für vertretbar und verständlich, aber sie waren überzeugt, dies ließe sich nur mit sachkundiger Hilfe der Niederlande umsetzen. Mein Vater trug auf seine Art einen Teil dazu bei, indem er jungen einheimischen Arbeitnehmern, die innerhalb der Behörde höher hinaus wollten, an ein paar Abenden die Woche in seinem Büro Nachhilfe in Handelskorrespondenz gab. Er tat das von Herzen gern und ohne den geringsten Dünkel, aber wie naiv war das eigentlich im Lichte dessen, was diesen Menschen wirklich vorschwebte.

Meine Mutter, in Batavia aufgewachsen, kannte buchstäblich jeden in der Stadt, war Vorstandsmitglied des Hausfrauenbundes und aktiv in zahlreichen Komitees für kulturelle, pädagogische und wohltätige Veranstaltungen. Sie verkehrte auf freundschaftlichem Fuß mit europäischen und eurasischen Frauen aller Stände und Ränge, mit *raden-aju*-Frauen und chinesischen Damen, und war wegen ihrer vergnügten und patenten Art überall gern gesehen. Wenn ich heute jedoch zurückblicke, kommt es mir vor, als habe sie sich vielleicht zu schnell mit dem begnügt, was sich oft nur auf die Bestätigung oberflächlicher Beziehungen und Geselligkeiten beschränkte. Die wirkliche Stimmung hinter den vielen Formen höflichen und devoten Verhaltens konnte sie nicht ergründen. Sie kam einfach nicht auf die Idee, an dem guten Willen und der Einsicht anderer zu zweifeln, wo sie sich doch so selbstlos für das allgemeine Interesse einsetzte. Obwohl man sie in keiner Weise des *totok*-Hochmuts bezichtigen konnte, der Dee und mich so verärgerte, erfüllte mich ihr forsches Auftreten, so entwaffnend sympathisch es auch sein mochte, manchmal mit einem Gefühl, das ich nicht in Worte fassen konnte, einer Mischung aus Erstaunen und Scham. Sie benahm sich dann nicht, wie es mir passend erschien, *halus*, also mit Rücksicht auf den *adat*, die innerliche Würde dessen, den sie vor sich hatte. Auch wenn es nicht mein *adat* war, konnte ich mich gut genug hineinversetzen, um mich für die allzu direkte Art meiner Mutter zu genieren. Ebenso wusste ich nicht, wohin ich schauen sollte, wenn mein Vater in meiner Gegenwart mit den Fingern schnipste, um die Aufmerksamkeit des Personals zu erregen. Er tat das, glaube ich, in aller Unschuld, und ohne die Absicht, gönnerhaft zu sein oder jemanden beleidigen zu wollen, schlichtweg weil es eine seit Jahrhunderten eingebürgerte Gewohnheit der *tuans* war, die er – wie so viele andere Verhaltenskodexe – in seiner Anfangszeit auf Java übernommen hatte. In solchen Momenten hatte ich das Gefühl, nicht zu diesen Holländern-in-Niederländisch-Indien zu gehören, wie meine Eltern es taten. Aber zu wem dann?

Eigentlich wurde ich von dem vertrauten Dienerpaar meiner Großeltern aufgezogen. Als die beiden für immer zurück in die Niederlande gingen, kamen Oemar und Idah zu uns.

Mein Vater hatte wenig Zeit für mich, außer an seinen freien Tagen und im Urlaub. Meine Mutter war der Ansicht, es gäbe gar keinen heilsameren Einfluss auf das Leben eines Kindes als eine solide Umgebung und eine heitere Stimmung im Haus. Oemar und Idah korrigierten die Nachgiebigkeit oder Nonchalance meiner Eltern.

Oemar war ein Mann, für den »versprochen ist versprochen« galt sowie die strikte Erfüllung aller Pflichten. Niemals verlor er seine Würde. Sogar lächeln tat er nur selten. Meine Eltern hegten ein uferloses Vertrauen in seine Fähigkeit, den Haushalt zu führen, in sein Urteil über die Qualität von Lieferanten und ihren Waren, *tukangs* jeglicher Art, und über die Leistungen des übrigen Personals. Idah wachte über meine Manieren und mein Äußeres. Sie war in dieser Hinsicht viel strenger als meine Mutter. Schnell war ihr ein Rock zu kurz, ein Ausschnitt zu tief. Sie lehrte mich, im Sitzen niemals die (nackten) Beine übereinander zu schlagen oder meine Fußsohlen zu zeigen und beim Bücken den Ausschnitt eines Kleides oder einer Bluse mit einer Hand zu bedecken. Es gab unzählige Regeln für angemessenes, respektvolles und sittsames Verhalten zwischen Männern und Frauen. Niemals würden Oemar und Idah mir erlaubt haben, einen Klassenkameraden, der wegen Hausaufgaben oder einem Klubabend vorbeikam, im Haus zu empfangen, wenn meine Eltern nicht da waren. Ich durfte mich ausschließlich vorne im Garten oder auf der Terrasse mit ihm unterhalten.

Oemar und Idah hatten mir ebenfalls von klein auf eingeschärft, dass man nur *halus* sein kann, wenn man seine Gedanken und Gefühle für sich behält, sich beherrscht, andere niemals verletzt oder zurechtweist, also beschämt oder ihr Ansehen beschädigt.

Ebenso unhöflich war es, etwas für sich selbst zu fordern, anderen den Vortritt zu nehmen.

Meine Mutter lächelte zwar darüber, wie Idah über meine Manieren wachte, war aber zufrieden, da ich so die traditionellen Umgangsformen des Landes kennenlernte.

Wenn mein Vater auf Dienstreisen war, übertrug er Oemar die Verantwortung für meine Mutter und mich sowie für den reibungslosen Tagesablauf. Meine Mutter, gewöhnt an die Rolle, die Oemar in ihrem eigenen Elternhaus erfüllt hatte, akzeptierte dies als Selbstverständlichkeit, und ich natürlich auch.

Ein einziges Mal habe ich mich – vergeblich – gegen Oemars Autorität aufgelehnt, und wurde so wütend auf ihn, dass es fast zu einer Familienkrise gekommen wäre. Es war 1936, am Abend von Tacos Geburtstagsfest. Taco hatte seinen Führerschein bestanden und durfte die Mädchen, die nicht abgeholt wurden, mit dem Ford der Tademas nach Hause bringen. Es war Vollmond, eine Nacht aus Blausilberglanz. Taco lieferte die ihm anvertrauten Gäste am Oranjeboulevard ab, in Menteng, Goenoeng Sahari. Dee und ich waren die letzten. Wir wollten mit Taco noch eine Spritztour machen, nach Priok zum Beispiel, um das Meer im Mondlicht zu sehen. Ich wollte kurz nach Hause, um Oemar Bescheid zu geben. Meine Eltern waren zu einer Hochzeit in Buitenzorg und würden erst am Tag darauf zurückkehren. Oemar saß auf der weißgekalkten Gartenmauer und wartete auf mich. Als ich sagte, ich würde mit Taco und Dee noch ein wenig herumfahren, verbot er mir das. Es zieme sich nicht, ich solle schlafen gehen. Aus dem wartenden Auto rief Dee mir zu, ich solle mir nichts von *djongos* sagen lassen. Taco mischte sich auch ein.

»*Loh*, Oemar, *boleh,* nur eine Stunde, nicht länger!«

Aber Oemar blieb hart. Er begleitete mich hinein und schloss die Haustür ab, wie es mein Vater ihm aufgetragen hatte. Ich war außer mir vor Wut, ich schrie, er mache mich vor meinen Freunden lächerlich, das sei *kasar,* ausgerechnet von ihm, der mir ständig vorhielt, was sich gehörte. An der Art und Weise, wie er schweigend nach hinten ging, konnte ich sehen, dass meine Respektlosigkeit ihn, den Verantwortlichen, schwer getroffen hatte.

Am nächsten Tag erzählte mir Dee, sie habe Taco überredet, trotzdem noch nach Priok zu fahren. *Terang bulan!* Vollmond am Meer, einfach wundervoll! Und sie war sogar geschwommen! Taco hatte Wache gehalten, falls jemand vorbeikäme, schließlich hatte sie nichts an!

Davon träumte ich: Schwimmen im Schein des Mondes, eine lange Bahn aus silbernen Kräuselungen. Ich beneidete Dee, weil sie wie immer getan hatte, was sie wollte.

Tagelang lehnte ich es ab, mich bei Oemar zu entschuldigen. Ich sprach auch nicht mit ihm, und das machte Idah *bingung*. Sie sagte, sie fühle sich in unserem Haus nicht länger wohl. Meine Mutter wurde langsam nervös, weil es mit der guten Stimmung vorbei war.

Letztendlich tat ich natürlich, was mein Vater von mir verlangte. Schließlich hatte Oemar ihn vertreten und nicht aus eigenem Antrieb gehandelt. Und dann war wieder alles in schönster Ordnung.

Worte von Dee fallen mir ein. Wann hatte sie die zu mir gesagt? Das muss 1952 gewesen sein, als wir uns zum ersten Mal nach dem Krieg wiedersahen, in Jakarta, und sie mir erzählte, sie wolle einen polnischen Ausweis beantragen. Es war in der Zeit, als im Land geborene Niederländer die indonesische Staatsangehörigkeit annehmen konnten, wenn sie das wollten. Taco und ich hatten sogar mit dem Gedanken gespielt. Damals wollte ich noch nicht einsehen, dass diese Möglichkeit natürlich nicht für Leute wie uns galt. Dee machte mir ohne Umschweife klar, dass es für mich nichts zu wählen gab, niemals könnte ich eine *warga negara* sein, auch wenn ich es noch so gern wollte. Nur *Indos*, also Halb-Europäer, konnten sich dafür entscheiden, und ihrer Meinung nach stellte die Einbürgerung für diese Leute eine Falle dar. Es würde nämlich nicht bedeuten, dass sie sich den Einheimischen gegenüber, wie früher in Niederländisch-Indien, ein wenig überlegen fühlen konnten, vielmehr würde man sie nun als den Indonesiern unterlegen betrachten. Entschieden sie sich hierfür, mussten sie zu hundert Prozent Indonesier sein wollen. Non wollte das, und sie konnte es auch, das hatte ich während meines Aufenthalts in Jakarta mit eigenen Augen gesehen. Ihr, Dee, sagte es nicht zu. Als die Japaner das Zepter schwangen, kam es ihr noch gelegen, sich *Indo* zu nennen. *Warga negara* wollte sie nicht sein, und Niederländerin schon gar nicht. Frau Mijers war tot, und von Louis, naturalisierter Brasilianer, hatte man nie wieder etwas gehört. Sie besaß die Freiheit, ihre eigene Identität zu wählen. Da sie als Dolmetscherin (vom Deutschen ins Indonesische und umgekehrt) für eine Gruppe von Polen gearbeitet hatte, die auf Präsident Sukarnos Einladung an einem Entwicklungsprojekt beteiligt waren, konnte sie auf deren Unterstützung zählen. Wegen des Namens ihrer Mutter wurde sie von ihnen als halbe Landsmännin betrachtet. Dee wollte künftig als eine zufälligerweise in der niederländischen Kolonie geborene Europäerin slawischer Herkunft durchs Leben gehen.

Es ist seltsam, ich habe doch so viele Jahre Texte aus meinem Fachgebiet zusammengestellt und redigiert, aber wenn ich nun versuche, die unablässig in mir brodelnden persönlichen Erinnerungen in Worte zu fassen, habe ich Hemmungen. Formulieren war früher nie ein Problem, ich genoss es, mich mit Sprache zu beschäftigen, einen Vortrag auszuarbeiten. Ein Tagebuch jedoch habe ich nie geführt. Wenn ich lese, was ich nach Moorlands Brief für mich selbst zu Papier gebracht habe, werde ich unsicher. Kann ich meinem Gedächtnis wirklich trauen?

Hier vor mir, auf dem Regal über meinem Schreibtisch, stehen meine Publikationen: ein paar Monographien, einige Bände einer kunsthistorischen Reihe sowie die beiden Bücher, die ich auf Grundlage des Materials für meine Doktorarbeit geschrieben habe: eins über die keltischen und altskandinavischen Flechtornamente, das andere über östliche Einflüsse in der dekorativen

Kunst des Barock und Rokoko. Meine Faszination für die Stilisierung javanischer Batikmotive und chinesischer Stickereien, wachgerufen auf der hinteren Veranda von Frau Mijers' Haus, mündete schließlich in einem Studium, dem ich mein Leben gewidmet habe.

Kein wissenschaftlicher Beitrag weltbewegenden Ausmaßes, und im Vergleich mit dem Kampf gegen Hunger und Gewalt bedeutungslos für das menschliche Wohlbefinden, aber durchaus eine Studie darüber, wie das Miteinander von Ungebundenheit und formaler Strenge in verschiedenen Kulturen Gestalt erhalten hat.

Was ich jetzt tue, ist etwas völlig anderes. Die Versuche, Worte für wesentliche Momente meines eigenen früheren Lebens zu finden, fordern mehr Genauigkeit, bohren eine andere Schicht in meinem Bewusstsein an (nicht zuletzt die kreative!) als etwa die Beschreibung und kunsthistorische Einordnung der Blatt- und Blumenmotive in den Türfüllungen altbatavischer Häuser, an der Orgel der portugiesischen Kirche Gereja Sion in Batavia und als üppige Dekorationen an Möbeln aus der Kompaniezeit.

Ich bin immer davon ausgegangen, dass die Holzschnitzereien seinerzeit für die VOC-Auftraggeber von javanischen Künstlern entworfen und ausgeführt wurden. Sie griffen dabei auf eine mindestens tausendjährige Tradition zurück. Wahrscheinlich stammten sie aus der Umgebung von Japara. Ihre Inspirationsquellen erkannte ich in den Reliefs der Tempel von Prambanan und den »Götterbäumen« des Tjandi Mendoet-Tempels wieder, Sträuße aus sich bizarr kräuselnden Blättern und Lotusblumen, sowohl in der Knospe als auch weit aufgeblüht, sowie in den so genannten *makara*-Motiven des Boroboedoe, wo ein mythisches Wesen – halb Fisch, halb Rüsseltier – sich in ein unentwirrbares Knäuel aus Ranken und Blütentrauben verwandelt. Die hinduistische Symbolik der Verwandtschaft zwischen allen Formen von Leben lässt sich sogar noch auf den gemeißelten Grabsteinen in einer Moschee aus dem sechzehnten Jahrhundert finden, als der Islam langsam auf Java Boden gewann. Aber wie die Vorschriften des Propheten es wollen, verschwinden die wenigen Tierfiguren auf diesen Reliefs nahezu unerkennbar in der üppigen Vegetation, denn im Islam dürfen keine Lebewesen abgebildet werden.

Mein Leben lang habe ich mich mit all diesen Dingen beschäftigt. Natürlich entstammt dieses intensive Bedürfnis dem Eindruck, den die Pflanzenwelt Javas als Kind auf mich gemacht hat. Ich fühlte mich Teil dieses überwältigenden Grüns, dieser Farben. Jetzt erst wird mir bewusst, wie seltsam es ist, dass ich mein Augenmerk als Erwachsene ausschließlich auf Abbildungen von Blumen und Pflanzen gerichtet habe, und meine Studien lieber ihrer Stilisierung galten als ihren Erscheinungsformen in der lebendigen Natur.

Etwas will gewusst, ausgesprochen werden, aber ich weiß nicht, was es ist. Es verbirgt sich irgendwo unter der Oberfläche meines Bewusstseins. Seit Jahren liegt es dort versteckt. Wenn ich ehrlich bin, muss ich zugeben, bereits seit Langem um die Existenz dieses Formlosen, Vagen zu wissen, das mich niemals bedrohte, solange ich es selbst nur in Ruhe ließ. Jetzt aber ist es, als hätte ich durch das Wachrufen all dieser Erinnerungen eine Schutzmauer durchbrochen. Gegen meinen Willen sickert die Erkenntnis in mich, dass ich Fragen stellen muss. Aber welche Fragen mögen das sein?

Ich lese, was ich in den vergangenen Tagen geschrieben habe. Kein Wort ist gelogen, alles habe ich erlebt, ich war damals dort und dabei – und dennoch scheint es um jemand anderen zu gehen.

Pakembangan war das verbotene Gebiet, das unsere Gedanken erfüllte. Wir kannten es nur aus den spärlichen Mitteilungen Nons und von den Fotos in Frau Mijers' Familienalbum, das sie oft hervorholte, um nachdenklich darin zu blättern. Wer in diesem Moment in ihrer Nähe war, wurde mit Geschichten aus *tempo dulu* unterhalten. Als Kinder konnten Dee und ich uns nichts Spannenderes vorstellen, als einmal in diesem riesigen Garten zu spielen und zwischen den Teichen, Rasenflächen, Baumgruppen, einer von Königspalmen gesäumten Grasterrasse, von der man über die *sawahs* auf die Ausläufer des Preanger-Berglandes blickte, umherzustreifen. Zwischen den Blumenbeeten standen Marmorstatuen (Flora, Pomona, Apollo, zeigte uns Frau Mijers), die wir uns gerne mal aus der Nähe angesehen hätten. Sogar beim Anblick der altmodischen Sepia-Abzüge konnte ich mir die Farbenpracht der blühenden Flammenbäume und Bougainvilleas vorstellen, das im Sonnenlicht glänzende Grün von Bäumen und Gras, das dunstige Blau und Violett der Berge in der Ferne. Wir kannten die Landschaft zwischen Batavia und Buitenzorg von den Sonntagsausflügen mit Louis und seinem Auto gut, die nähere Umgebung von Pakembangan mied er aber.

Das Album liegt in meiner Ebenholztruhe. Manche Fotos vermitteln einen Eindruck des Lebens auf dem Anwesen Ende des neunzehnten Jahrhunderts. Wenn ich die Augen schließe, sehe ich sie vor mir. Eine offene Reisekutsche mit einem Viergespann, Herr Larmonie de Pourthié, die Zügel in den Händen, zur Abfahrt bereit, während man im Schatten zwischen den Säulen der Veranda die Gestalten winkender Damen sieht. Adèle und Louise, in leichten, doch hochgeschlossenen Kleidern aus weißer Voile, Hüte auf dem Kopf, während eines Krocketspiels auf einem der Rasen. Ein Mittagsmahl mit vielen Gästen, wahrscheinlich fotografiert während des Desserts; die Gläser erhoben, die Servietten bereits zusammengeknüllt neben den Tellern, die doppelte Gesichterreihe der deutlich gesättigten Tafelgenossen allesamt lachend dem Fotografen zugewandt; im Hintergrund ein Diener im *kain* und *tutup* mit vollen Obstschalen. Die Reitpferde mit ihren Burschen. Die Volieren, daneben abermals Adèle und Louise mit ihren Lieblingskakadus auf der Hand, auf den Schultern. Das weidende Vieh. Die Reisfelder Pakembangans, so weit das Auge reicht.

Leider gab es keine Fotos von den Bällen und Empfängen, die auf dem Landgut gegeben wurden, als die beiden Töchter das heiratsfähige Alter erreichten. Frau Mijers beschrieb bis in die kleinsten Details, wie zu solchen Anlässen mitunter bis zu hundert Gäste im Haus, dem großen Gästehaus und auf Gutshöfen in der Nachbarschaft untergebracht wurden. Orchester aus Batavia spielten tagsüber Märsche und Medleys, und von Sonnenuntergang bis spät in die Nacht Tanzmusik. Für das Personal aller Ländereien gab es *slametans*, Gamelankonzerte und *wayang*-Vorstellungen.

Nach diesen Geschichten, von denen Dee und ich nie genug bekommen konnten, trat meistens Stille ein. Aber das bedeutete nicht, dass Frau Mijers nichts mehr mitzuteilen hätte. Während sie noch immer in dem Album blätterte, erzählte sie von ihrer Schwester, mit der sie sich immer innig verbunden gefühlt hatte, fast als seien sie Zwillinge. Ihr Band wurde grausam zerrissen, als »Papa« Louise buchstäblich seinem Assistenten auslieferte, im Tausch gegen seine unentbehrliche Hilfe. Fast alle auf dem Gut mochten diesen Mann nicht, ein harter Arbeiter und befähigter Betriebsleiter, als Mensch jedoch grob und kalt.

Louise wusste, dass er sie wollte, und ging ihm aus dem Weg, wann immer sie konnte. Sie hatte fürchterlich geweint, als ihr Vater sie über den Heiratsantrag informiert hatte, und ebenfalls über die Notwendigkeit, selbigen anzunehmen. Der Mann war kein »beau garçon«, jedoch Vollblut-Niederländer, er hatte ein gepflegtes Äußeres, war groß und kräftig und noch keine vierzig, also in den besten Jahren, und in jeglicher Hinsicht der rechte Mann, die Einkünfte von Pakembangan und somit das Vermögen der Muntinghs zu sichern. Wenn er Louise nicht bekam, würde er seine Dienste anderenorts anbieten, er kannte seinen Wert.

Louise hatte Angst vor ihm, ekelte sich vor seinen dunkel behaarten Handgelenken, die sichtbar wurden, wenn er die Ärmel aufkrempelte. Wenn Frau Mijers das erzählte – und sie vergaß es niemals, da es offensichtlich essentiell war – schaute sie manchmal schnell zu Dee und mir, vermutlich um zu prüfen, ob wir die sexuelle Implikation der Behaarung und Louises Ekels begriffen. Das war zunächst nicht der Fall, später aber schon; es machte uns die Tragik der erzwungenen Hochzeit aufregend nachvollziehbar.

Nächtelang hatten die Schwestern in der Abgeschiedenheit ihres Zimmers verzweifelt nach einem Ausweg gesucht. Ihre Mutter, besorgt um ihr Erbe, teilte den Standpunkt des Grandseigneurs Lamornie de Pourthié, der selbst nicht über die Fähigkeiten verfügte, Pakembangan zu verwalten. Als er, ausgerechnet in diesen turbulenten Tagen, einen Herzanfall erlitt (nicht fatal, jedoch besorgniserregend), hatte Louise schließlich klein beigegeben. Aber welch hohen Preis hatte sie für die Gemütsruhe ihres Vaters zahlen müssen!

Von Non hörten wir im Laufe der Jahre das eine oder andere über unangekündigte Besuche, die Louise ihrer Schwester in Batavia nach ihrer Hochzeit wiederholt, ratlos, in Panik abstattete. Als Kind und junges Mädchen hatte Non alles aus der Nähe miterlebt, die Schreie und das Schluchzen, die Arztbesuche und die Behandlungen der Kräuterfrau und der Masseuse hinter verschlossenen Türen.

Dee und ich gehen samstagnachmittags gern mit Non in die Stadt, um Einkäufe zu erledigen, die nicht ins Haus geliefert oder von *kokkie* auf dem *pasar* gekauft werden. Immer gibt es was zu bestellen oder zu suchen in den Läden des Japaners und des Bombayers, in der Drogerie oder im Warenhaus »Toko de Zon«. Non ist großzügig mit Eis und Süßigkeiten, geht nicht, wie meine Mutter, zielstrebig mit einer Liste in der Hand von Geschäft zu Geschäft, sondern bummelt gerne, befühlt Stoffe, prüft Artikel, und lässt Dee und mich nach Herzenslust Hüte und Schmuck anprobieren, auch wenn wir nichts kaufen.

Eines Tages kehren wir nach dem Besuch des Pasar Baroe nicht sofort zurück nach Hause. Non möchte ein paar Päckchen zu Bekannten in ein abgelegenes Viertel bringen, in dem weder Dee noch ich jemals gewesen sind.

Natürlich fahren wir per *deleman*, Non nimmt nie ein Taxi. Das kleine Haus liegt in einer stillen Gasse, am Rande eines *kampongs*. Es gibt keinen Garten, aber in dem schmalen Durchgang zum Hinterhof stehen ein paar Bananen- und Papayabäume. Auf Nons Ruf »*Sepada*!« kommen zwei alte Leute nach draußen, die sie als Onkel Boedi und Tante Neng begrüßt. Offensichtlich ist Non hier zu Hause. Dee (»Louis' Tochter!«) wird unter erstaunten Ausrufen betrachtet und angelacht, und derselbe herzliche Empfang wird auch mir zuteil. Wir müssen mit ins Haus, bekommen Tamarindensirup und *kweekwee*. Non erzählt auf Malaysisch über das Wohlbefinden von Frau Mijers und ihren Hausgenossen. Sie hat da was von Moenah gehört, stimmt das? Der alte Mann sagt, dass »derjenige, der es damals gesehen hat«, jetzt tot ist.

»Dann ist der Chef jetzt bestimmt zufrieden?«, fragt Non, merklich unzufrieden. Tante Neng murmelt, alles an diesem Mann und um ihn herum hätte *tjelaka*, jeder könne das sehen, es würde nicht mehr lange dauern, das wisse Non doch auch. Ja, nickt

Non, sie weiß es, aber wann, das kann sie nicht sagen. Sehr bald wird es nicht sein. Zueinander geneigt sprechen die drei Erwachsenen leise miteinander. Dee sieht mich mit hochgezogenen Augenbrauen an. Mir ist schon klar, dass das Besprochene nicht für unsere Ohren bestimmt ist. Und da schickt Non uns auch schon raus, sie käme gleich.

Während wir im *deleman* warten, sagt Dee plötzlich: »Hast du gehört, was sie gesagt haben, *bunuh*, Mord.«

Das Wort ist mir entgangen.

Auf dem Rückweg bombardiert Dee Non mit Fragen.

»Wer sind denn diese Leute?«

Non seufzt. »Onkel Boedi war Schreibkraft im Büro auf Pakembangan. Früher, als ich noch klein war.«

»Der ›Chef‹, ist das ... du weißt schon wer.« Aus Gewohnheit vermeidet Dee, den Namen des verhassten Besitzers des Landguts zu nennen.

Die Art, in der Non nicht antwortet, kennen wir als »Ja«.

»Warum hat dieser Mann *tjelaka*?«

Nach kurzem Zögern sagt Non: »Eben Malaise. Frag nicht so dumm, Dee.«

»Wer wurde denn ermordet?« Dee gibt nicht auf.

»Schon vor so langer Zeit«, sagt Non schließlich widerwillig.

»Die blöde Louise?«

Unsere sonst so sanftmütige Non verpasst Dee einen festen Klaps auf die Hand. »Schweig!«

Wenn Non Lust hatte, konnte sie mitreißend erzählen. Sie verfügte über einen Vorrat geheimnisvoller und gruseliger Geschichten, die mit der Vergangenheit der Muntinghs während der Kompaniezeit zu tun hatten. Als Kinder hingen Dee und ich an ihren Lippen, wir wollten sie immer wieder hören, mit neuen Details, die wir selbst auch hinzu erfanden, und die Non dann nicht mehr unterschlagen durfte. Die beste Zeit zum Erzählen war nach dem Nachmittagstee, gegen sechs Uhr, wenn die Sonne unterging und es unter den hohen Bäumen im Garten dunkel wurde.

Da gab es die Geschichte der »schönen Mardijkse«, im Jahre siebzehnhundert-noch-was, die zweite oder dritte Ehefrau eines Jeremias Muntingh. Sie war ein Nachkömmling von Sklaven aus Coromandel, der Südostküste Indiens, die während der portugiesischen Besatzung freigekauft oder freigelassen wurden und von den Holländern darum später Mardijkers genannt wurden, nach dem Sanskritwort »merdeka«, Freiheit. Die junge Frau war getauft und hieß Maria Sofia. Ihre glänzende Haut war tiefdunkel, fast schwarz, »wie Ebenholz« sagte Non, sie war bildschön. Wenn sie die Haare offen trug, reichten sie ihr bis zu den Knien, und ihr Gang sah aus wie ein Tanz. Ihr viel älterer Mann liebte sie abgöttisch, wegen ihrer Schönheit, aber vor allem, weil sie ihm seinen einzigen Sohn geschenkt hatte. Er überschüttete sie mit Gold und Juwelen, was die VOC-Damen Batavias, der Prunksucht doch auch nicht abgeneigt, mit Empörung erfüllte.

Einmal, in einer besonders heißen Nacht, stand Maria Sofia von ihrem Platz im Bett neben dem schlafenden Jeremias auf, um sich im Badepavillon, am Ufer des Tjiliwoeng, auf dem Grundstück des Muntingh-Hauses zu erfrischen. Später erwachte ihr Mann von schlurfenden Schritten und einem seltsam glucksenden Geräusch. Durch das Moskitonetz sah er im Schein der Nachtkerze Maria Sofia am Bett stehen. Mit viel Gefühl für Drama imitierte Non immer die Stimme des liebenden Ehemannes: »Was stehst du denn da rum, *kekasih*? Leg dich doch wieder hin! Warum hast du deinen schönsten Schmuck angelegt?« Um den Hals seiner Frau lag eine rote Glut, wie von ihrer festlichsten Kette, einem mit Rubinen besetzten Fransencollier. Sie gab keine Antwort, sondern stieß abermals dieses eigenartige Geräusch aus. »Was ist denn, was ist?«, fragte er beunruhigt, während er das Moskitonetz aufriss und sie am Arm fasste. In diesem Moment wurden seine Hände von einer Blutwelle überströmt, und ihr Kopf fiel vor ihm zu Boden.

An dieser Stelle machte Non immer eine Pause, wartete auf unsere Zeichen der Abscheu, die niemals ausblieben, obwohl wir die Geschichte schon hundert Mal gehört hatten. Maria Sofias Kehle war durchgeschnitten worden, so schnell, und mit einem so scharfen Messer, dass ihr Kopf an Ort und Stelle geblieben war und sie nicht sofort das Bewusstsein verloren hatte. Vorsichtig, einen Fuß vor den anderen setzend, war sie vom Badepavillon zurück nach Hause gelangt. Der Täter wurde niemals gefunden.

Noch spannender als die Geschichte selbst fanden Dee und ich die Suche nach möglichen Erklärungen für das grausame Ereignis, das merkwürdigerweise nicht in den offiziellen Annalen der Stadt zu finden war. Wer war der Mörder? Ein Dieb, der sich im Badehaus versteckt und auf einen günstigen Moment für einen Einbruch gewartet hatte? Ein einst abgewiesener Verehrer aus dem Lager der Mardijker? Ein Mörder im Auftrag der eifersüchtigen Töchter aus Jeremias' vorigen Ehen?

Eine andere rätselhafte Geschichte, die ebenfalls mit dem alten Haus Muntingh in der Unterstadt zu tun hatte, war die über das chinesische Gespenst. Die Erscheinung wurde niemals in ihrer Gänze gesehen, stets blieb es bei einer schwebenden gegerbten Hand mit außergewöhnlich langen, hochgebogenen Nägeln (wie die Mandarine sie in früheren Jahrhunderten trugen). Man sah die Spukhand plötzlich auf einer Stuhllehne oder einer Türklinke, oder wühlend in einer offenstehenden Schublade, oder blätternd im großen Kassenbuch auf dem Katheder im Büro des Herrn des Hauses. Dieser, Bartholomeus Muntingh, Jeremias

Enkelsohn, war mit einer Tochter des steinreichen Majors der Chinesen von Batavia verheiratet, eine Ehe aus gegenseitiger Berechnung.

Bartholomeus konnte mithilfe seines Schwiegervaters einen unvorhersehbaren Rückschlag, den Untergang zweier mit Handelswaren beladener Schiffe, verwinden. Der werte Lim Tong Siang rechnete seinerseits mit der Aufnahme in die höheren Ränge der VOC und deutlich mehr offizieller Unterstützung und Anerkennung für seine Landsleute.

Trotz der Familienbande blieb das Verhältnis unterkühlt. Der Chinese vergaß niemals, dass er seinem Schwiegersohn seinerzeit eine große Geldsumme geliehen hatte, zwar ohne über Rückzahlung oder Zinsen zu sprechen, jedoch unter der Voraussetzung, dass Bartholomeus einen großzügigen Beitrag zum Bau eines *klentengs*, eines Tempels, für die stetig wachsende chinesische Gemeinschaft leisten würde. Bartholomeus allerdings vergaß diese Vereinbarung (das passte ihm besser) und kaufte ein Grundstück außerhalb der Stadt, unweit des Ortes Weltevreden. Er wollte dort, nicht weit entfernt von dem neuen Palast des Generalgouverneurs Daendels, ein Haus bauen lassen.

Lim Tong Sian starb und flugs nahm der Spuk seinen Anfang. Munthings Frau entzündete Weihrauch für Konfuzius und Buddha, aber nichts half. Sobald sie konnte, zog die Familie um, in das Haus in Weltevreden. Offensichtlich konnte der Geist des Chinesen den Weg dorthin nicht finden. Auch, als es bereits seit über einem Jahrhundert in dem verfallenen Haus an der Kali Besar keinen Stuhl, keine Schublade und kein Kassenbuch mehr gab, tauchte die Geisterhand – laut Non – doch ab und an noch auf, in einer dunklen Ecke, einem Türspalt oder die Wände abtastend.

Dass ich mich so gut an diese Geschichten erinnere, liegt natürlich daran, dass Haus Muntingh immer wichtig für mich gewesen ist, auch – womöglich mehr denn je – als es schon lange nicht mehr existierte.

Während wir bei Non meistens lange betteln mussten, bevor sie bereit war, uns eine ihrer Geschichten zu erzählen, konnten wir Frau Mijers mühelos zum Sprechen bringen. Sie genoss es, in Erinnerungen zu schwelgen, nicht nur an ihre Mädchenjahre auf Pakembangan, sondern vor allem an die kurze Zeit, die sie in Buitenzorg als die junge Frau von Leutnant Mijers verbracht hatte. In dieser Zeit, die sie als Höhepunkt ihres Lebens betrachtete, drehte sich alles um den Palast, die Residenz des Generalgouverneurs. Wir sahen ihn durch ihre Augen: weitläufige Marmorgalerien, den ovalförmigen Empfangssaal mit korinthischen Säulen, das Empire-Mobiliar, die Kristallleuchter, ein lebensgroßes Porträt der gerade gekrönten Wilhelmina im Hermelinmantel, und der goldene Prunk-*pajong* in einem Ständer am Fuß dieses Gemäldes. In dieser glanzvollen Umgebung hatten Frau Mijers und ihr Mann ihr erstes Diner am Hofe erlebt. Sie beschrieb uns die streng inszenierte Zeremonie bis in die kleinsten Einzelheiten. Wie sie auf den Freitreppen empfangen und anschließend hineingeführt wurden, die Herren von dem ältesten Adjutanten, die Damen von dem Adjutanten vom Dienst (die Stellung, die Mijers erwartete). Wie Seine Exzellenz erschien, im Frack, und die im Doppelspalier aufgestellten, sich verneigenden und knicksenden Gäste wohlwollend begrüßte. Die Speisen, zubereitet von einem französischen Chefkoch! Hinter dem Stuhl eines jeden Gastes ein eigener Diener in blau-silberner Livree! Der im Mondlicht badende riesige Park vor dem Palast und die dunklen Baummassen des Pflanzengartens dahinter! Frau Mijers hatte von Seiner Exzellenz Komplimente für ihre Toilette erhalten: lachsrosa Taftseide, eine

Schleppe und eine Stola aus Brüsseler Spitze! Seine Exzellenz, das war damals Jonkheer van der Wijck, ein echter Aristokrat, von einem völlig anderen Schlag als Generalgouverneur van Heutsz, den sie einige Jahre später während ihres einzigen Besuches im Palast auf dem Koningsplein kennengelernt hatte. Die Gattin des Landvogts hatte die Damen zum Nachmittagstee geladen und Seine Exzellenz war kurz zur Begrüßung erschienen. Er mochte zwar ein befähigter Militär und Politiker sein (man lobte ihn über den grünen Klee, nannte ihn den größten Generalgouverneur seit Jan Pieterszoon Coen), aber ohne Uniform sah er aus wie ein holländischer Spießbürger, schlampig gekleidet, und zudem unflätig! Endlich einmal hatte Frau Mijers nicht bereut, kein Mitglied des Hofstaats zu sein!

Auf dem Weg zur Schule radelte ich jeden Tag an dem Monument vorbei, das van Heutsz zu Ehren in dem neuen, südlich gelegenen Wohnviertel Batavias errichtet worden war. Eindrucksvolle Flachreliefs verzierten es. Feierlich vorwärts schreitende einheimische Bevölkerungsgruppen, angeführt von einem Elefanten mit einem *kornak* auf dem Rücken, schleppten ein bastionähnliches Bauwerk, das von dem Standbild des Mannes gekrönt war, der Atjeh und die letzten noch unabhängigen Gebiete in den Außenbezirken unter niederländische Befehlsgewalt gebracht hatte: eine martialische Steinfigur, die keinerlei Ähnlichkeit mit dem van Heutsz aus den Erzählungen von Frau Mijers aufwies.

Das Ehrenmal gehörte so selbstverständlich in unser Viertel, dass ich ihm eigentlich keine besondere Aufmerksamkeit widmete. Über van Heutsz gingen die Ansichten auseinander. Der Geschichtslehrer verwendete im Zusammenhang mit ihm niemals das Wort Held, und hielt sich, was die Kriegshandlungen in Atjeh und sonstwo auf dem Archipel betraf, mit seiner Meinung zurück.

Als ich 1952 nach Jakarta zurückkehrte, gab es das Denkmal nicht mehr. In den ersten Tagen der Unabhängigkeit Indonesiens war es dem Erdboden gleich gemacht worden.

Ich spielte als Kind am liebsten bei Dee und machte, als wir heranwuchsen, dort Hausaufgaben, doch Dee wollte immer lieber zu mir kommen. Ich habe nie verstanden, weshalb sie unser Neubauviertel aus gleichförmigen Villen im westlichen Stil auf noch baumlosen Grundstücken, mit einer kleinen Terrasse zur Straße hin, den Marmorgemächern im Hause ihrer Großmutter vorzog. Dort bildete der weiträumige Garten mit seinen Baumgruppen sozusagen eine ganze Reihe von Räumen im Freien, in denen wir uns zu jeder beliebigen Tageszeit niederlassen konnten, um zu lesen, zu essen oder zu spielen. Bei mir zu Hause mussten wir gezwungenermaßen drinnen bleiben, weil die noch jungen *bungur*-Bäume und Akazien kaum Schatten warfen. Auf dem Balkon konnte man es nur nach Sonnenuntergang aushalten. Dort beim Licht der Stehlampe ein kühles Getränk zu sich nehmen, während mein Vater die Zeitung las und meine Mutter sich einer ihrer modischen Handarbeiten widmete (Stoffmalereien mit Schablonen und Glitzerfarbe), war für Dee der Gipfel der Gemütlichkeit. Ich hingegen liebte die Abende auf der stillen Veranda bei Frau Mijers, gemeinsam an dem großen Tisch Hausaufgaben machen, während an der weißen Wand ab und an ein Gecko mit einem fast unhörbaren Geräusch nach einem Insekt schnappte und draußen im Dunkeln die Grillen zirpten. Manchmal setzte sich Non mit einem Leckerbissen aus der Küche zu uns, knusprig scharfe *tenteng katjan* oder *spekkoek*.

Meistens saß Frau Mijers im Salon an ihrem Sekretär und schrieb Briefe oder führte ihr Kassenbuch. Wenn Louis zu Hause war (was nicht häufig vorkam), legte er in seinem Zimmer Jazzplatten auf, und Dee und ich ließen die Füße unter dem Tisch im Rhythmus von »Tiger Rag« und »Broadway Lullaby« mittanzen. Bei mir zu Hause vernahm man solche Klänge niemals. Wir besaßen kein Grammophon. Meine Eltern gingen zu Klavierrezitalen und Streichquartettabenden im Kunstkreis von Batavia. Auch Frau Mijers hatte ein Abonnement für diese Konzerte. Louis' Jazzmusik ertrug sie mit viel Geseufze und verärgertem Kopfschütteln. Wiederholt musste Sidin, der *sepèn*, darum bitten, die Lautstärke ein wenig zu reduzieren. Um sie zu besänftigen, rundete Louis das Programm dann mit den aktuellen deutschen Schlagern ab, »Eine Nacht in Monte Carlo« oder »Das gibt's nur einmal.«

Einem vergilbten, aus der Wochenzeitschrift *Het Indische Leven* gerissenem Foto nach zu urteilen, das sich in meiner Ebenholztruhe befinden muss, besaßen die russischen Künstler, die Mitte 1919 eine Tournee durch Java machten, viel Temperament. Begleitet von einem Pianisten boten sie Arien und Duette aus bekannten Opern dar. Die einzige Tänzerin der Truppe, eine Polin, glänzte als Sterbender Schwan und Bajadere. Die Revolution machte die Rückkehr der Künstler nach Russland vorläufig unmöglich. Darum zogen sie ihren Aufenthalt auf Java in die Länge, wo sie herzlicher empfangen wurden und leichter Engagements fanden als in den britischen Kolonien. Das Gruppenporträt zeigt sie in theatralischer Aufstellung, als führten sie ein Gesellschaftsstück auf. Die Frauen, gekleidet nach der lachhaften Mode der Zeit, in bereits fußfreier Toilette voller Volants, Troddeln und Fransen mit Glasperlen, posieren anmutig auf ein paar Stühlen, die Männer, allesamt im Frack, beugen sich zu ihnen oder knien zu ihren Füßen, während sie eine Salon-Konversation mimen. Sieht man jedoch genauer hin, machen die auffälligen Kleider einen etwas schäbigen Eindruck, und auch die Fracks haben ihre beste Zeit bereits hinter sich. Das seelenvolle oder kokette Wimpernspiel, die Lässigkeit der Haltung und der Gesten bilden eine Fassade, hinter der sich ganz andere Emotionen verbergen, Unruhe, Erschöpfung, Langeweile.

Der Ton des Begleittextes verrät, dass das Urteil des Rezensenten, der die erste Vorstellung in Batavia besucht hatte, wohlwollender ausgefallen sein muss als die Leistungen es rechtfertigten. Nachdrücklich geht er auf die tragische Situation ein, in der sich diese Flüchtlinge befanden. Die einzige, über die er mit einem Anflug von Begeisterung schreibt (zwar nicht in erster Linie anlässlich des künstlerischen Gehaltes ihres Solo-Auftritts, sondern vor allem ob ihrer temperamentvollen Mimik und wonnigen Formen), ist die Tänzerin Nadia Wychinska. Sie sitzt, zurückgelehnt, auf einem niedrigen Kanapee. Der Schlitz in ihrem engen Rock zwingt sie, ein wohlgeformtes Bein zu zeigen, die Wade kreuzweise mit Schuhbändern umwickelt. In ihren wollüstigen Augen, dem recht groben Mund, habe ich nie mehr als eine vage Ähnlichkeit mit Dee entdecken können.

Zu Hause wurde nicht über Nadia gesprochen, einst die Frau von Louis Mijers, die nach zwei Ehejahren Mann und Kind verlassen hatte, um Hals über Kopf in ihr Vaterland zurückzukehren. Dee wusste offensichtlich nicht mehr als ich. Ich glaube nicht, dass sie als Kind neugierig auf ihre Mutter war, die sie nie gekannt hatte. Ihr Interesse wurde erst von der besagten Ausgabe einer Wochenzeitschrift geweckt, die es längst nicht mehr gab, und auf die sie zwischen den Papieren in Louis' Schreibtischschublade gestoßen war, als sie in dem Zimmer, in dem ihr Vater meist wohnte, wenn er in Batavia war, nach (verbotenen) Zigaretten suchte. Natürlich zeigte sie mir das Foto. Wir gingen damit zu Non, die nach langem Drängen etwas darüber preisgab, was sie »die Romanze« nannte.

Louis Mijers wurde während einer Vorstellung, in der La Wychinska als Carmen verkleidet einen spanischen Tanz vorführte, von dem sprichwörtlichem »coup de foudre« getroffen, der Liebe auf den ersten Blick. In den darauffolgenden Tagen hatte er der Tänzerin dermaßen hartnäckig den Hof gemacht, dass sie am Ende eines zu ihren Ehren gegebenen Junggesellenfests am Strand von Tandjong Priok auf seine Avancen eingegangen war. Er hatte Angst, sie würde mit der Gesellschaft weiterreisen, daher die überstürzte Heirat!

Zu dritt betrachteten wir das Foto. Ich erinnere mich, dass Dee nicht ohne Stolz sagte: »Wie ein Vamp!« Sie besaß eine große Sammlung von Filmstarporträts. Ihre Vorliebe galt stilvollen Schönheiten wie Joan Crawford und Marlene Dietrich. Trotz der seltsamen Kleidung und der übertriebenen Pose besaß Nadia Wychinska eine vergleichbare Ausstrahlung.

Non erzählte, die Polin habe sich nicht an das Leben in den Tropen und den Alltag im Hause von Frau Mijers anpassen können, wo das junge Paar vorläufig einen Trakt bewohnte. Ein unvorstellbares Chaos, das sogar die Hausangestellten zur Verzweiflung trieb! Völlig unberechenbare Stimmungen, den einen Tag lachte und sang und tanzte sie, am nächsten Tag lag sie rauchend im Bett oder starrte trübsinnig vor sich hin. Non schrieb dies dem Heimweh zu, *kassian*.

Sogar Dees Geburt änderte nichts an ihrem Zustand. Also war Nadia gegangen. Die Fragen »wohin« und »was ist danach mit ihr geschehen?«, konnte Non nur achselzuckend mit einem hilflosen Lächeln beantworten. Sie wollte nicht mehr darüber reden und legte uns ans Herz, den Zeitungsartikel oder den Namen Nadia auf gar keinen Fall in Gegenwart von Frau Mijers zur Sprache zu bringen.

Dee und mich regte das Gehörte zu immer neuen Phantasien

und Vermutungen an. Unzählige Male sahen wir uns die Abbildung aus *Het Indische Leven* an, dachten uns Gespräche und dramatische Beziehungen zwischen den Künstlern aus (außer Nadia reizte vor allem der kühne Tenor Serge Potopovich unser Vorstellungsvermögen). Sogar jetzt kann ich mir das Gruppenfoto noch bis ins kleinste Detail vor Augen führen, obwohl es Jahre her ist, dass ich es zuletzt in Händen hielt. Lange Zeit blieb es ein Spiel, eine Art gesprochener Fortsetzungsroman, in dem wir abwechselnd die Rolle des Erzählers übernahmen. Wie viel Bedeutung dies alles inzwischen für Dee bekommen hatte, ahnte ich nicht.

Frau Mijers sitzt im Salon an der Teetafel. Draußen peitscht der Monsunregen um das Anwesen, das Wasser prasselt von der Dachkante hinab in die übervolle Rinne, die sich um das Haus zieht, und spritzt so hoch, dass feine Tropfen zu uns getrieben werden. Dee und ich genießen die Erfrischung nach einem Tag bleischwerer Hitze und lehnen uns ausgelaugt in die Rattansessel zurück. Auch Frau Mijers hat ihren Fächer weglegen können. Kopfschüttelnd schaut sie zu den nassen Flecken auf den Marmorfliesen der hinteren Veranda.

»Adé, setz dich bitte anständig hin«, sagt sie plötzlich. »Das ziemt sich nicht für eine Dame.«

Dee sackt noch tiefer in ihren Sessel, zieht das Kleid hoch bis zu den Leisten und streift die Schuhe ab (bei Frau Mijers dürfen wir nie, anders als bei mir zu Hause, barfuß herumlaufen). Dann schwingt sie die langen Beine, eins nach dem anderen in die Höhe.

»Ich bin Tänzerin. Wie meine Ma. Nadia! Ja, Nadia, Nadia! Warum darf ich nichts wissen?«

Vor Schreck fahre ich auf, will sie warnen, aber es ist zu spät. Es

bleibt still. Frau Mijers verschiebt ein paar Sachen auf dem Tee-
tablett. Es ist das einzige Mal, dass ich sie in einer Situation erlebe, die sie nicht beherrscht. Natürlich kann sie erraten, wer das
jahrelang so strikt aufrechterhaltene Tabu gebrochen hat. Aber sie
kennt Nons Umwege und weiß daher auch, dass sie – wenngleich
nur unter Protest – lediglich einige unvollständige Tatsachen,
nicht mehr als halbe Wahrheiten, preisgegeben hat. Sie muss das
einfach als einen ihr von ihrer Tochter auferlegten Zwang auffas-
sen, die unnatürliche Geheimhaltung endlich zu beenden. Mit einem Mal wird mir klar, dass sie es nicht böse meint, sondern vor
allem entsetzt ist, beschämt, weil sie im Unrecht war, indem sie
den Dingen so lange ihren Lauf ließ. Und jetzt findet sie den Ton
nicht, die passenden Worte.

Das Gewitter, das dem Regenguss voranging, ist noch nicht
weggezogen, es blitzt schon wieder, und ganz in der Nähe grollt
der Donner.

Frau Mijers' Stimme klingt höher als sonst und zittert, als sie
sich in einer Flut unzusammenhängender Mitteilungen ergießt,
denen zu entnehmen ist, dass »die Polin« ohne Zukunft, da ohne
Talent, es von Anfang an auf Louis abgesehen, und es darum ab-
sichtlich auf eine Schwangerschaft angelegt hatte. »Und da konnte er als Gentleman nicht mehr zurück.«

In einem Atemzug lässt sie darauf folgen, dass Nadias Unsitt-
lichkeit überdeutlich daraus hervorging, dass sie sich, als ihr Kind
noch in der Wiege lag, von so einem herumreisenden Künstler
hatte verführen lassen, einem Kabarettisten, der wegen seiner politischen Ansichten hierzulande längst als unerwünschte Person
galt. Mit diesem Mann ist sie auf und davon, Frau Mijers will gar
nicht wissen, wohin. Allerdings ist sie darüber im Bilde, dass es
Louis unendlich viel Mühe gekostet hat, die Scheidung durchzu-
setzen.

Dee ist aufgesprungen und rennt über die vordere Veranda nach draußen. Ich zögere noch, aber als ich sehe, dass sie nicht zurückkommt und durch den strömenden Regen quer über den Rasen zur Straße läuft, renne ich ihr nach. Sie weigert sich, mit zurück zu gehen, stampft weiter barfuß durch die Pfützen.

Schließlich hole ich mein Fahrrad, das Frau Mijers' *kebon* wie immer auf der Veranda bei den Nebengebäuden abgestellt hat. Dee hat das Ende der Straße schon fast erreicht, als ich neben ihr bremse. Ohne ein Wort zu sagen, setzt sie sich auf meinen Gepäckträger.

Gegen die ständig aus einer anderen Richtung wehenden Regenschauer und eigentlich sterbensbang vor Blitzeinschlag in die hohen Bäume am Rand der völlig verlassenen Straße (es blitzt und donnert ununterbrochen), fahre ich zu mir nach Hause. Wir haben keine trockene Faser mehr am Leib, das Wasser tropft uns aus den Haaren. Dees nasse Hände auf meinen Schultern sind eiskalt.

Wir finden meine Mutter im Esszimmer, sie ist mit Redaktionsarbeiten an einem Projekt beschäftigt, das ihr sehr am Herzen liegt, das batavische Frauenjahrbuch. Nach dem Bad hat sie sich noch nicht angekleidet, sie trägt ihren Hausmantel und um den Kopf ein zu einem Turban gewickeltes Handtuch. Wegen des Gewitters sind die Rollläden vor den Fenstern geschlossen, die Lampe brennt. Durch die offenen Türen zu unserem kleinen Hintergarten weht der Duft von Erde und tropfendem Laub. Sie spannt gerade zwei Blätter im Quartoformat, zwischen die sie Kohlepapier geschoben hat, in die Schreibmaschine meines Vaters. Kopfschüttelnd, zerstreut, sagt sie: »So, da seid ihr ja, klatschnass! Geht ins Bad, zieht euch frische Sachen an. Dee, lass dir ein Kleid von Herma geben.«

Oemar wischt schon die Wasserspur auf, die wir hinterlassen haben. Idah hat im Badezimmer trockene Kleidung bereit gelegt.

Die Standpauke über unsere Fahrt durch das Unwetter hält sie uns.

»*Aduh*, du lässt dir von der *babu* auf der Nase herumtanzen!«, sagt Dee. Es sind ihre ersten Worte, seit wir von Frau Mijers' Haus weggefahren sind. Dann bekommt sie einen fürchterlichen Weinkrampf. Sie erstickt fast an ihren Tränen. Meine Mutter eilt herbei, nimmt sie mit ins Gästezimmer und redet lange mit ihr.

Später erfahre auch ich alles, wenn auch nicht von Dee. Ich habe nicht danach gefragt, weil Dee nicht darüber sprach. Ihr Schweigen sagte mir, dass »Nadia« nicht länger ein interessantes Geheimnis war, sondern ein peinliches Rätsel.

Meine Mutter gab zu, Nadia Wychinska nur ein paar Mal begegnet zu sein und bei diesen Gelegenheiten kaum ein Wort mit ihr hat wechseln können, weil sie beide das Französisch der anderen nicht verstanden. Die Künstlerin pflegte freie Umgangsformen, war ungeniert offenherzig. Sie übte scharfe Kritik an der Bürgerlichkeit und Engstirnigkeit in der Kolonie, und war zutiefst enttäuscht von Louis, der ihr ein Leben voller Abenteuer und tropischem Wohlstand versprochen hatte. Sie konnte unmöglich mit Frau Mijers und Non unter einem Dach wohnen. Louis ging gerne aus, blieb nicht bei seiner schwangeren Frau zu Hause, und sie verweigerte, sich in der Öffentlichkeit zu zeigen, ehe sie nicht wieder ihre modischen Kleider tragen konnte. Die Hitze machte ihr sehr zu schaffen und sie langweilte sich zu Tode.

Was meine Mutter nicht hatte erzählen wollen, Dee aber, wie sie meinte, intuitiv spürte: Nadias größter Schock war die Entdeckung, dass Louis, obgleich wohlhabend, offensichtlich dennoch zu einer zweitrangigen Bevölkerungsschicht zählte. Als sie seine Schwester sah, bekam sie einen Schrecken. Sie wollte kein Halbblut-Kind!

Dumm!, fand meine Mutter, des Geldes wegen Hals über Kopf jemanden zu heiraten, dessen Land und Hintergrund man nicht kennt. Sehr unfair Louis gegenüber. Arme Dee.

Aber Dee hat es anders verarbeitet. Nadia wurde ihre Heldin, ihr Vorbild, eine mutige Frau, die rechtzeitig die wunden Stellen der Kolonialgesellschaft erkannt und sich für die Freiheit entschieden hatte.

Endlich hat Non meinem langen Drängen nachgegeben. Sie nimmt mich mit zu Haus Muntingh in der Unterstadt. Nach dem Mittagessen – wenn Frau Mijers schläft, denn sie darf es nicht erfahren – nehmen wir einen *deleman* ins Kali Besar West, dem Viertel mit den Bürogebäuden und Lokalen und *tokos*, das ich nur von Abenden mit meinen Eltern kenne, wenn viel los ist in den bunt beleuchteten Straßen mit den chinesischen Reklameschildern und den Gerüchen der Garküchen, wo jetzt jedoch die Stille der heißesten Stunden herrscht. Durch eine kleine Pforte in einer ansonsten blinden Mauer gelangen wir in einen sonnenversengten, schmalen, kahlen Vorhof. Haus Muntingh ist eingeklemmt zwischen zwei Geschäftshäusern. Es gilt als Ruine, und ist eigentlich unzugänglich. Bemerkungen von Frau Mijers, Louis und Non habe ich entnommen, dass es noch immer Familienbesitz ist und die Kolonialregierung es gern »für einen Appel und ein Ei« (wie Louis spöttisch sagt) kaufen würde, um es zu restaurieren und anschließend als historisches Monument zu präsentieren, ein Pendant zum berühmten Haus Reynier de Klerk. Von außen macht es wenig her: eine rechteckige Fassade, ein Vordach, keine Vorderveranda, sondern schmale, hohe Fenster hinter Holzläden. Die seit Urzeiten nicht mehr verputzte Außenmauer weist überall Schäden auf. Nur die Haustür ist noch verziert, die steinerne Einfassung läuft zu beiden Seiten des Gehwegs in gemeißelte Schnörkel und Rosetten aus.

Unter einem Schutzdach, dem einzigen Schattenspender, sitzt ein Wächter. Er hat Nons Nachricht erhalten und ist bereit, die Hängeschlösser an den antiken Eisenriegeln zu öffnen. Er lässt keinen Zweifel darüber, nicht mit ins Haus zu wollen, und Non bedeutet ihm, keine Begleitung zu benötigen. Seit Anfang des neunzehnten Jahrhunderts hat hier niemand mehr gewohnt.

Durch die Spalten und Ritzen in den geschlossenen Fensterläden fällt spärliches Licht, sodass ich nun, da meine Augen sich an die Dunkelheit gewöhnt haben, die Holzschnitzereien mit Spuren roter Farbe und den Goldlack an Türen und Rahmen erkennen kann. Der Fliesenfußboden ist voller Löcher. Mief aus alter Fäulnis und modrigem Holz füllt den Raum. Schmutzstreifen vom Regenwasser, das durch das kaputte Dach gesickert ist, ziehen sich über die Wände, die längst nicht mehr weiß sind. Das Prunkstück ist die Treppe mit ihren geschnitzten Geländern. Einst führte sie, sagt Non, zu einem erhöht liegenden Festsaal, aber die gesamte obere Etage ist schon vor Jahren eingestürzt. Auch den Zutritt zu den Zimmern im Hinterhaus versperren von der Decke herabhängende Balken und Bretter. Durch eine halb offene Tür zu diesen Räumen erkenne ich den Teil eines Fliesensockels in Delfter Blau. Bei uns zu Hause hängt eine solche Fliese eingerahmt an der Wand, ein Souvenir aus der Geburtsstadt meines Vaters.

Ich muss an das Leben von Früher denken, in diesen nahezu fensterlosen Zimmern, der klammen Hitze und den Ausdünstungen von Kali Besar. In meiner Vorstellung gehören zum Haus Muntingh, das ich schon von Kupferstichen aus dem achtzehnten Jahrhundert kenne, Personen, wie sie der Maler damals gezeichnet hat: westlich gekleidete Damen und Herren unter den Palmen am Ufer des Flusses, begleitet von Dienern mit *pajongs*. Jetzt wird mir bewusst, dass dieser Prunk natürlich nur für festliche

Anlässe außer Hause aufgeboten wurde, fürs Flanieren und für Kirchenbesuche. Auch hier drinnen gibt es keine anderen Verzierungen als die im Vorderhaus, das für Repräsentationszwecke bestimmt war. Ein eigenartiges Gefühl überkommt mich, als könnte ich jeden Moment in den Alltag einer anderen Zeit gesogen werden, Stimmengewirr und geschäftiges Treiben in den beengten, drückenden Räumlichkeiten, wo sich die Frauen (die meisten auf Matten und Kissen hockend) in ihrer üblichen Hauskleidung, Batik-Wickelrock und lange Jacke, kühle Luft zuwedeln – oder wedeln lassen –, schwatzen, sich mit Flick- oder Näharbeiten beschäftigen, wo ein Kind gebadet oder gewiegt, eine Kranke gepflegt, Gebäck herumgereicht wird, während durch das Fenster mit den Bambus-Gittern die Geräusche und Gerüche eines Tropentages ins Haus dringen, das städtische Alltagsleben, das außerhalb von Haus Muntingh seinen Lauf nimmt. Ich höre nichts, ich sehe nichts, und dennoch umgibt mich dieses Gefühl des damaligen Lebens, das Echo von Jahrzehnten, der immerwährend gleichen Atmosphäre im Salon, ob er nun der Tochter des Majors der Chinesen gehörte oder der schönen Mardijksen, oder all den anderen, die dort einst als Frau Muntingh residierten. Hier drinnen regt sich kein Lüftchen, aber etwas Seltsames weht mir aus den dunklen Räumen entgegen. Mir wird schwindlig.

»Komm, Toet«, sagt Non hinter mir. Vorsichtig drückt sie eine knarrende Tür auf.

Plötzlich stehen wir wieder im grellen Sonnenlicht, in einem Innenhof. Sie zeigt mir die verfallenen Nebengebäude. Dort befanden sich einst Ställe und Unterkünfte für die Sklaven und Sklavinnen.

Non wirft mir einen Seitenblick zu, der mich verwirrt: Hätte ich nicht so um den Besuch dieses Hauses betteln sollen, das meine Phantasie erregt, seit sie Episoden aus der Vergangenheit der

Muntinghs erzählt hat? Hier wirkt Non plötzlich anders, selbstbewusster, distanzierter. Auf neue Weise erlegt sie mir ihren Willen auf. Sie führt mich durch das verfallene Haus ihrer Vorfahren. Ich gehe, wohin sie geht, bleibe stehen, wo sie innehält. Sie hindert mich daran, selbst etwas anzufassen, nimmt jedoch meine Hand und führt meine Fingerspitzen über die Holzschnitzereien der Türfüllungen und über die Ornamente der Balustrade der halb offenen Galerie, die den Innenhof umgibt. Es ist, als sei ich blind, und sie wolle mir auf diese Weise die Muster von Blumen, Blättern und Girlanden, und die Formen von Ziervasen und gewundenen Docken einprägen.

Dann sagt sie plötzlich kurz angebunden: »Genug jetzt.«

Wir verlassen Haus Muntingh, steigen wieder in den *deleman* und fahren nach Pasar Baroe, wo Dee wartet, um mit uns Eis essen zu gehen.

Dee fand meine Darstellung des Salons mit den Frauen im Haus Muntingh nicht spannend genug. Dort war doch einst ein Mord geschehen, es spukte, zweifelsohne hatte eine Ehefrau oder Tochter mal ein heimliches Liebesabenteuer mit einem Fremdling gehabt! Der Aufsatz, in dem ich die Eindrücke dieses ersten und letzten Besuches des Hauses verarbeitete, samt Zeichnungen von Ziervasen und dem Blumenmotiv in den Holzschnitzereien (die Ornamente hatten sich in mein Gedächtnis eingegraben), entlockte Dee ein »Oh! Du schreibst immer so gut!«, aber im selben Atemzug nannte sie ihn auch »ziemlich langweilig!«. Wenn sie einen Aufsatz schreiben würde – was sie nicht konnte, wie sie hartnäckig behauptete –, dann würde sie ein anderes Thema aus diesen verflogenen Zeiten wählen. Sie kostete meine Neugier lange aus. »Ich sag's nicht! Das ist nichts für dich!« Schließlich rückte sie eines Nachmittags während der Ruhestunde, dieses Mal bei mir zu Hause, doch mit der Sprache heraus, als wir nebeneinander im Bett Hausaufgaben machten, die Rücken gegen die Wand gelehnt und eine *guling* unter den Knien.

Sie erzählte mir, sie müsse seit dem jährlichen Schulausflug zu den Sehenswürdigkeiten von Alt-Batavia, der zum Pflichtprogramm gehörte, immer an Pieter Erberveld denken, den am 14. April 1722 hingerichteten Verschwörer gegen die Kompanie, dessen aufgespießter, weißgetünchter Totenkopf auf einem Mauerrest am Jacatraweg noch immer zu bewundern war. Aufgestellt im Halbkreis vor dem Denkmal, einem hohen Grabstein, hatten wir uns die Geschichte seiner grausamen Folter angehört. Einer von uns musste die alte Inschrift laut vorlesen: »Im schändlichen Angedenken des geahndeten Landesverräters Pieter Erberveld wird niemand diesenortes zu bauen, zimmern, mauern oder pflanzen vermögen, heute oder zu jedweden Zeiten.«

Dee meinte, Pieter Erberveld habe ganz bestimmt die Muntinghs seiner Zeit gekannt. Vielleicht hatte er ja versucht, einen Muntingh für seine Verschwörung, alle Europäer zu ermorden, zu gewinnen.

»Aber was war denn mit ihm selbst?«, fragte ich.

»Er war doch *Indo*?«, sagte Dee. »Und die Muntinghs waren auch nicht mehr hellhäutig.«

Mehr noch als ihre lässige Verwendung der Bezeichnung *Indo* erstaunte mich die Selbstverständlichkeit, mit der sie behauptete, Erbervelds Plan, die Regierung der Stadt an sich zu reißen und einen Javaner zum Anführer der einheimischen Bevölkerung zu ernennen, sei gar nicht mal so schlecht gewesen. Dann hätten in der Gegend die Leute das Sagen, die dorthin gehörten, und nicht die *totoks* von der VOC, denen es doch nur um Handelsware, Geld und Macht ging. In deren Augen waren schließlich alle Nicht-Holländer, nicht-hellhäutige, minderwertig. Pieter Erberveld erhielt keine Aufstiegschancen und bekam jeden Tag zu spüren, dass er ein Halbblut war. Wie gut sie ihn verstehen konnte!

Ihr Ton war provozierend, als hätten wir eine Meinungsverschiedenheit. Ich fragte sie, ob sie sich auch als *Indo* sah.

»Mein Opa Mijers hatte eine javanische Großmutter. Und in der Familie meiner Oma gibt es alle Farben, weiß, braun, gelb und schwarz! Sieh dir nur Non an! Sie meint, sie sei so dunkel, weil sie das Blut der schönen Mardijksen hat, du weißt schon, ihre Haut war wie Ebenholz!«

»Du hast doch französisches und zur Hälfte polnisches Blut, das ist doch so europäisch wie's nur geht!«

Dee reagierte scharf: »Okay, aber trotzdem bin ich keine *totok*!«

»Ich auch nicht«, sagte ich voller Überzeugung.

1936 blieb Dee in der neunten Klasse sitzen. Sie wollte das Jahr nicht wiederholen, sondern das Gymnasium verlassen und zur dreijährigen Oberschule für Mädchen wechseln und dort den Abschluss machen. Frau Mijers, meine Eltern und natürlich auch ich versuchten vergeblich, ihr das auszureden. Sie behauptete immer wieder, Griechisch mache sie krank und sie habe sowieso nicht vor, zu studieren. Zum ersten Mal hörte ich sie abfällig über unsere Schule als eine »Elite«-Einrichtung sprechen, in der *totok*-Intellektuelle für führende Posten in Niederländisch-Indien herangezüchtet wurden. Schließlich wollten die meisten Schüler später, nach dem Studium an der – vorzugsweise Leidener – Universität in das Land ihrer Kindheit zurückkehren. Und diese Leute gehen bei der Kolonialregierung und im Geschäftsleben immer vor!

In dieser Zeit muss die Entfremdung zwischen uns, zunächst noch schleichend, angefangen haben. Die Oberstufe des Gymnasiums hieß für mich: harte Arbeit. Ich kam zwar ganz gut mit, war aber wahrlich kein Überflieger. Dee und ich sahen uns jetzt weniger. Ich merkte, dass sie sich veränderte. Eine Zeitlang legte sie übertrieben viel Wert auf ihr Äußeres und das Ausgehen.

Frau Mijers erlaubte ihr, an den Schul- und Hausfesten teilzunehmen (es verging kein Samstag ohne eine Geburtstagsparty bei irgendjemanden), aber sie durfte nicht, wie viele Mädchen aus ihrer Klasse auf der Oberschule, mit den Junggesellen Batavias im Hotel des Indes oder im Yachtclub am Meer tanzen gehen. Frau Mijers war in dieser Hinsicht unerbittlich, genau wie meine Eltern. Dee und ich fanden uns eigentlich zu alt für die Feste in der Turnhalle des Gymnasiums oder auf der Veranda bei einem Klassenkameraden zu Hause.

In unseren Abendkleidern waren wir schon Frauen, einen halben Kopf größer als die meisten Jungen, die trotz langer Hosen und Jacketts albern aussahen. Aus Solidarität aber ging ich immer zu diesen Festen mit ihrem obligatorischen Programm aus Gesellschaftsspielen (Pantoffel suchen, Hänschen piep einmal, Scharade) und Tanz zur Grammophonmusik. Die Kerzen in den Lampions wurden nie später als Mitternacht gelöscht.

Im tiefsten Vertrauen gestand Dee mir, die Verbote ihrer Großmutter regelmäßig zu übertreten und, statt zu einer Salonparty, mit ein paar anderen beliebten Mädchen und ihren (immer älteren) Partnern bekannte Tanzveranstaltungen zu besuchen. Sie lieh sich dann von einer Schulfreundin Lippenstift und ein elegantes Kleid (schwarz! rückenfrei!). Wenn es sehr spät wurde – und das wurde es meist –, blieb sie über Nacht.

Ich hatte Angst, sie würde mich künftig zu kindisch finden. Aber ihr Hang zur Frivolität verschwand genauso schnell, wie er gekommen war. Ihren spärlichen Informationen entnahm ich, dass sie genug hatte von den mehr oder weniger pflichtmäßigen »Touren«, die den Abschluss solcher Abende bildeten. Man nahm dann paarweise ein Taxi für eine Fahrt entlang des Priokwegs oder durch die dunklen Außenbezirke hinter Manggarai. Als sei es eine Selbstverständlichkeit, wurden die Herren dann zudringlich. Dee rebellierte gegen diesen Mangel an Respekt, die Tatsache, dass die Männer wie bei einer stillschweigenden Abmachung auf ein Techtelmechtel zählten. Am meisten gedemütigt fühlte sie sich durch die Gegenwart des einheimischen Fahrers, der unbewegt vor sich hinstarrte, dessen Verachtung sie jedoch fortwährend spürte. Gerade weil sie keine *totok* war, sah er sie, dem Verhalten des *Belandas* nach zu urteilen, als Hure. Nie zuvor hatte sie ihr *Indo*-sein als so schmerzhaft empfunden. Die Art und Weise, wie sie mir das alles erzählte, zeigte mir, dass sich in unserer Beziehung etwas Wesentliches verändert hatte. Sie nahm eine Verteidigungshaltung ein, als würde ich sie angreifen, ihr Vorwürfe machen. In der folgenden Zeit wirkte sie, für ihre Verhältnisse, ungewöhnlich zurückgezogen. Ich meinte, den Grund hierfür zu kennen, als sie ihren Abschluss mit guten Noten machte.

Als ich eines Tages bei ihr vorbeigehe, finde ich sie über Bücher und Hefte gebeugt. Sie möchte richtig Malaysisch lernen, nicht die Sprache vom *pasar*, die wir alle flott sprechen, sondern das amtliche Hoch-Malaysisch, das in den Büros benutzt wird und in dem die Zeitungen geschrieben sind. Sie übt sich auch in Steno und Schreibmaschine. So würden wenigstens die Stellen, die für jemanden wie sie in Frage kommen, in Reichweite gelangen, sagt sie in einem abfälligen Ton, den ich nicht von ihr kenne.

Frau Mijers ist von ihrer Enkelin tief enttäuscht, die durch eine solche Berufswahl, wie sie es in meiner Gegenwart ausdrückt, »einen Schritt nach unten auf der gesellschaftlichen Stufenleiter machen wird«.

»Oma Moes, wir haben eine Flaute«, sagt Dee, locker, aber nicht von Herzen. »In einem Büro bekomme ich Arbeit. *Nonnas* sind schließlich die besten Sekretärinnen, was?«

Sie hebt den Daumen, »*Djempol*!«

Sowohl das Wort als auch die Geste sind in diesem Haus verpönt. Ich sehe, wie Frau Mijers nach Atem ringt. Sie wendet den Kopf ab und starrt schweigend hinaus, wo die violette Bougainvillea überwältigend blüht.

Sulawati Saleh, aus der Parallelklasse, die Sula genannt werden wollte, kannte ich vom Freiluftsport am Gymnasium. Sie war sehr gut im Brennball, konnte schnell rennen und einen Ball mit dem Schlagholz treffen wie keine andere. Sie galt als Ausnahme zwischen den sowieso schon emanzipierten einheimischen Mädchen unserer Schulgemeinschaft. Denn auch sie, die sich stets westlich kleideten und schon längst keine geflochtenen Zöpfe mehr trugen, benahmen sich traditionell sittsam und waren bis zur Verlegenheit bescheiden. Sula aber schlug niemals die Augen nieder. Sie vertrat spontan und unumwunden ihre Meinung, besuchte immer den Debattierklub unserer Schule und tat sich durch treffsichere Bemerkungen und Beharrlichkeit in der Diskussion hervor.

Dee ging schon eine Weile nicht mehr auf unsere Schule, als ich zufällig entdeckte, dass sie sich mit Sula traf und das vor mir geheim hielt, weil Sula mich nicht mochte, wie sie sagte. Der Grund für diese Antipathie (jetzt erklärbar durch die Zeitumstände) erschloss sich mir damals nicht, ebenso wenig verstand ich Dees Heimlichtuerei über diese Freundschaft, die meiner Meinung nach nicht das familienähnliche Band bedrohte, das zwischen uns beiden bestand.

Wieder habe ich Dee im Tjikini-Schwimmbad vermisst. Als sie die Schule noch besuchte, gingen wir jeden Tag nach dem Unterricht um halb eins, vor dem Essen, gemeinsam dorthin. Aber seit sie diese kaufmännische Ausbildung macht, sehe ich sie immer seltener bei unserer festen Truppe von Jungen und Mädchen und dem üblichen entspannten Planschen, Springen, sich treiben lassen, am Beckenrand sitzen und schwatzen.

Es ist fast halb drei und in den Alleen der Viertel Menteng und Tanah Abang herrscht die Stille der Mittagsruhe. Am Haus von Frau Mijers stelle ich mein Rad »hinten hin« und gehe über die Seitenveranda zu Dees Zimmer. Sie sitzt im Unterkleid auf dem Fliesenboden und faltet Flugblätter, um sie anschließend einzeln, zusammen mit etwas, das aussieht wie eine Zeitschrift, in graue Papierumschläge zu stecken.

Mein Besuch überrumpelt sie, als würde sie sich ertappt fühlen, eine seltsame Reaktion. Als ich frage: »Was machst du da?«, schiebt sie die auf dem Fußboden ausgebreiteten Drucksachen rasch zur Seite. Ich hebe eines der Blätter auf, der Abbildung nach Reklame für Kalktabletten und Vaseline. Der Text innen ist auf Hoch-Malaysisch, das ich nicht gut lesen kann, obwohl ich ein paar Wörter erkenne.

»Was machst du, wofür ist das?«, wiederhole ich.

Sie nimmt mir das Faltblatt aus den Händen und legt alle Papiere in ein Schränkchen, das sie abschließt.

»Ich helfe Sula und ihrer Studienvereinigung«, sagt sie schließlich.

Es ist allgemein bekannt, dass Sula nach dem Abitur an der Fachhochschule für Jura in Batavia studieren will. Auf dem Gymnasium gilt das als ein weiteres Zeichen ihrer Unabhängigkeit von ihrer Herkunft. Ich habe Respekt vor ihrem Mut, denn ich weiß aus Gesprächen mit anderen, weniger selbstbewussten und forschen einheimischen Mädchen, dass ein Hochschulstudium, vor allem durch seine Konsequenzen, als ein unumkehrbarer Traditionsbruch betrachtet wird. Aber Sulas Eltern, die aus der Matriarchalkultur des Padanger Oberlandes auf Sumatra stammen, unterstützen sie. Und offenbar ist sie jetzt schon Mitglied einer Vereinigung für angehende Studenten! Dee sagt, Sula könne die Postsendungen nicht zu Hause fertig machen. Und auch Frau Mijers dürfe nichts davon erfahren. Ich bin nicht gewöhnt, dass Dee Geheimnisse vor mir hat und frage immer weiter.

Ist das Sulas Nebenjob, verdient sie sich Taschengeld? Irmscher, die große Drogerie-Apotheke von Batavia, macht in den Zeitungen Reklame mit genau so einer Abbildung wie die auf dem Faltblatt: Ein Mann in weißer Jacke, der ermahnend den Zeigefinger hebt, und einer gemischt europäischen und einheimischen Leserschaft Produkte für die Zahn- und Hautpflege empfiehlt. Ich kann mir gut vorstellen, dass Sula das nicht an die große Glocke hängen will, es könnte als beschämend empfunden werden und dem Status ihrer Eltern schaden. Ich biete an, mitzuhelfen.

Die Art, wie Dee meinen Vorschlag ablehnt, bringt mich zum zigsten Male dazu, einen Versuch zu unternehmen, diese eigenartige Kluft zwischen Sula und mir zu überbrücken. Ich wäre auch gern ihre Freundin, wie Dee. Sind die Mitglieder von Sulas Vereinigung allesamt einheimische Studenten? Für die bin ich bestimmt eine echte *Belanda-totok*. Dee, die mich kennt, kann ihnen aber doch klar machen, dass sie sich täuschen?

Aber jetzt bricht Dee in einen Wortschwall aus, der mich verletzt, weil das, was sie sagt, nach meinem Gefühl völliger Unsinn ist. Sie fragt sich, was ich, Herma, eigentlich von diesen Leuten weiß. Schließlich habe ich nur mit Dienern zu tun, die sich rumkommandieren lassen, oder mit den javanischen Regententöchtern in der Schule, die in einer eigenen elitären Welt leben. Aber

mit Leuten wie den Freunden von Sula habe ich niemals gesprochen. Ich habe nicht die geringste Ahnung, was in ihnen vorgeht.
Wie sie über mich denken, und über alle *Belandas*, und über die
dämlichen *Indos*, die tun, als wären sie *Belandas*. Beschäftige ich
mich je mit den Gefühlen der einheimischen Intellektuellen, die
stets wie unmündige Wesen behandelt werden? Kann ich mir vorstellen, was es heißt, im eigenen Land zu Menschen einer zweitrangigen Klasse zu gehören? Sicher rede ich immer sehr nett über
Sula und javanische und ambonesische Mitschüler, aber schaue
ich nicht eigentlich auch auf sie herab?

»Sie merkt das, verstehst du!«, sagt Dee heftig.

Ich finde keine Worte, sie vom Gegenteil zu überzeugen.

Draußen ist Wind aufgekommen, die Sonne scheint durch das
Laub der Bäume neben dem Haus, ein Muster aus zuckenden
Licht- und Schattenflecken bedeckt den Fliesenboden der Veranda.

Sehr geehrte Frau Warner,

mittlerweile habe ich mir einen ungefähren Überblick über den Hintergrund von Mila Wychinska (oder Dee Mijers) und ihrer Schulzeit verschafft. Bemerkenswert waren insbesondere Ihre Auskünfte über ihren Kontakt zu einer Vereinigung indonesischer Studenten, den sie über die von Ihnen erwähnte Freundin Sula Saleh hatte. Dabei könnte es sich um die PPPI handeln, die Perhimpoenan Peladjar-Peladjar Indonesia, die ausgesprochen nationalistische Züge trug. Zweifelsohne hatten einige ihrer Anhänger auch damals schon revolutionäre Ansichten.

Ich frage mich, ob diese Sula Saleh mit Chairul Saleh verwandt war, damals eine der führenden Persönlichkeiten der PKI, der „nationalen" kommunistischen Bewegung Indonesiens, und zudem der Anführer der jungen Radikalen, die 1945, nach der japanischen Kapitulation, Sukarno gezwungen hatten, die Republik auszurufen. Saleh hatte auch bei dem berüchtigten Putschversuch am 30. September 1965 in Jakarta eine Rolle gespielt. Ein Kenner der politischen Entwicklungen Südostasiens nennt ihn „einen Wirtschaftsabenteurer und bekannten Terroristen", ein Urteil, das selbstverständlich aus der Perspektive von vor fünfundzwanzig Jahren gefällt wurde, als Suharto Staatspräsident wurde.

Unter den Büchern, die zu der sogenannten niederländisch-indischen Literatur zählen, habe ich in einem

Antiquariat kürzlich durch Zufall den offenbar auto-
biografischen Kurzroman *Zu unserer Zeit* aus dem Jahr
1960 entdeckt, geschrieben von einem Autor, der sich
Eugène Mijers nennt. Soviel ich herausfinden konnte, hat er kein weiteres Buch geschrieben. Der Roman
wurde seinerzeit einige Male neu aufgelegt, ist heute
aber vergriffen. Wenn Sie ihn nicht kennen, schicke
ich ihn Ihnen gerne zu.

Mijers beschreibt darin die Jugend eines Ich-Erzählers
im Batavia der Vorkriegszeit sowie seine Beziehung zu
einer nur mit dem Vornamen eingeführten Cousine Amy.
Könnte das Dee Mijers sein?

Ich verstehe natürlich, dass Sie sich strikt an die
Fakten halten möchten und Ihre privaten Erinnerungen als „out of bounds" betrachten. Trotzdem hoffe ich, dass Sie mir für ein besseres Verständnis der
Persönlichkeit und Beweggründe dieser faszinierenden
Frau, die Mila Wychinska gewesen ist, etwas mehr über
ihr Aussehen, ihren Charakter und ihre Gewohnheiten erzählen können. Bestimmt gibt es Übereinstimmun-
gen zwischen dem, was Sie mir bereits berichtet haben
(wie schemenhaft auch immer), und dem Bild, das Eugène Mijers von dieser „Amy" entwirft, in der er eine
Mischung aus einer javanischen Jeanne d'Arc und Mata
Hari sah. Jedenfalls stattete er sie mit Eigenschaf-
ten aus, die dem Eindruck, den Mila Wychinska augen-
scheinlich bei vielen hinterlassen hat, nicht wider-
sprechen.

Darf ich mich darauf verlassen, dass Sie Ihr formidables Gedächtnis noch einmal bemühen?

Hochachtungsvoll und mit freundlichen Grüßen
Bart Moorland

EIGENTLICH WAR ES KLAR, dass Moorland irgendwann auf Eugène Mijers' Buch stoßen würde. Es ist vor dreißig Jahren erschienen, Eugène lebt schon lange nicht mehr, aber für die Leute, die nach der Souveränitätsübertragung (und ganz gewiss nach '57, als Sukarno alle Beziehungen zu den Niederlanden abgebrochen hatte) schmerzenden Herzens ihr »Heimatland« verlassen haben, gilt er, auch posthum, als ein Anwalt der niederländisch-indischen Identität. Dass gerade er sich als Repräsentant und glühender Vertreter der Indo-Kultur hervortun konnte, hat mich im Laufe der Jahre immer aufs Neue erstaunt. Einmal, ich glaube, es war 1962 oder '63, habe ich ihn mir in Den Haag angehört, als er über Schriftsteller aus Niederländisch-Indien gesprochen hat. Die Erscheinung dieses Polemikers im Batikhemd, der die alten und neuen Kränkungen der »Verbannten aus Niederländisch-Indien« beißend scharf in Worte fasste, stimmte nur schwerlich mit dem Menschen überein, den ich in meiner Erinnerung von Frau Mijers' entfernten Neffen hatte, der aus einer Seitenlinie der Familie ihres Mannes stammte, die keinerlei javanisches Blut aufwies.

Dee nannte ihn nur den »*totok*-Mijers«. Er kam häufig zum Tee. Wenn es sich zufällig traf, dass ich auch dort war, hatten wir während seiner endlosen Vorträge, in denen er seine politischen und gesellschaftskritischen Meinungen zum Besten gab, immer die größte Mühe, ernste Mienen zu ziehen. Meist sprach er von den ihm zufolge unzureichenden Vorkehrungen der Kolonialregierung gegen die vorrückenden Völker aus Asien, insbesondere die »Gelbe Gefahr«. Dass der konservative Generalgouverneur de Jonge wenigstens die allzu unverschämten und vermutlich vom kommunistischen China beeinflussten Verfechter einer einheimischen Selbstverwaltung hatte festnehmen und nach Boven-Digoel transportieren lassen, wurde von ihm begeistert aufgenommen. Europäer müssten der Bedrohung aus dem fernen Osten die Stirn bieten!

Gekleidet in seine tadellos sitzenden Schantunganzüge, die denselben unbestimmten Farbton hatten wie sein Haar und sein Gesicht, sah Frau Mijers in ihrem Neffen einen »distinguierten« jungen Mann, den sie gerne in ihrem Haus empfing. Sie hörte ihm immer aufmerksam nickend zu, auch wenn sie später zu uns sagte, er schätze die Lage ihrer Ansicht nach zu düster ein.

Obgleich er sich während seiner Besuche wenig um Dee bemühte, wurde es allmählich immer offensichtlicher, dass er ein besonderes Interesse an ihr hatte und Frau Mijers ihm in dieser Hinsicht keine Steine in den Weg legte. Er war mindestens zehn Jahre älter als Dee, arbeitete als stellvertretender Sekretär bei der Kommission zur Unterstützung des Postwesens und hatte laut Frau Mijers hervorragende Aussichten auf eine Anstellung als Kolonialbeamter. Dee fand ihn langweilig und arrogant, und das ließ sie ihn normalerweise auch spüren. Deshalb erstaunte es mich, dass sie manchmal doch seine Einladungen zu einem Kinobesuch in der Stadt oder zum Eis essen annahm. Auf meine Frage, ob er bei diesen Gelegenheiten nicht »unangenehm« würde, antwortete sie, alles wäre gut, so lange sie ihn nur reden ließe – und was tat er lieber? – über seinen Posten und seine Beziehungen zu den verschiedenen Dienststellen. Auf diese Weise muss sie, falls sie wirklich zugehört hat, an ziemlich viel »inside information« gekommen sein, an Dinge, die nicht in der Zeitung nachzulesen waren. Sie wusste zum Beispiel, dass der Generalgouverneur seit kurzem alle mit der Post eingehenden Drucksachen streng daraufhin kontrollieren ließ, ob sie für die Ruhe und Ordnung gefährlich sein könnten. Dee wusste natürlich, dass Eugène diese Vertraulichkeiten nur erzählte, um sie zu beeindrucken und fand seine Wichtigtuerei lächerlich. Zu meiner und Nons Beruhigung (sie konnte ihn nicht ausstehen) sah Eugène nach einiger Zeit von Ausflügen mit Dee ab, bei der er letztlich sowieso nicht die geringsten Aussichten hatte. Schließlich gab er auch die Teebesuche bei Frau Mijers auf.

Nie hätte ich gedacht, dass sich Eugène einmal als Autor entpuppen würde, obwohl wir damals natürlich wussten, dass er manchmal für Illustrierte wie *d'Orient* und *Actueel Wereldnieuws* schrieb. Und nun musste mich Moorland an die Existenz von *Zu unserer Zeit* erinnern. Ich habe das Buch aus dem Regal genommen und gelesen. Die literarische Qualität kann ich nicht beurteilen. Wahrscheinlich sind Stil und Sprachgebrauch inzwischen nicht mehr zeitgemäß. Was mich am meisten beschäftigt, ist die Art, wie Eugène sich darin mit einem Milieu identifiziert, aus dem er gar nicht stammte. Mit seinem Aussehen und seiner Sprechweise war er der Inbegriff eines echten Holländers mit Tropenteint und leicht javanischem Akzent, wie ihn fast alle hatten, die dort aufgewachsen waren. Niemand aber würde ihn jemals für den »weißen Indo« halten, für den er sich später in Interviews ausgegeben hat. Und als solcher hat er sich in den Niederlanden der Nachkriegsjahre einen Namen gemacht, als Treuhänder all dessen, was man mit »Niederländisch-Indien« in Verbindung bringen mag.

In seinem Roman ist das idealisierte Alter Ego Eugènes ein Ich-Erzähler, Spross einer auf Java alteingesessenen Familie. Immer wieder stoße ich auf Bruchstücke von Frau Mijers' Pakembangan-Geschichten. Sie ist besonders gut in der vornehmen, dominanten, aber naiven Matriarchin Amélie wiederzuerkennen. Ein niederträchtiges Zerrbild Nons sehe ich in der dunkelhäutigen Frau, die wie ein böser Genius im Hintergrund Unheilsverheißungen über ihre Umgebung ausstößt. Dass Eugène damals durchaus amouröse Gefühle für Dee hegte, spricht aus der Beschreibung seiner frivolen Cousine Amy, einem bildschönen, raffinierten Luder, mit dem der »Ich-Erzähler« flirtet und im *Des Indes* tanzen geht (sein Wunschtraum?). Während der japanischen Besatzungszeit entpuppt sich Amy als Widerstandsheldin. Sie wird verhaftet und geköpft.

Wie kam es zu Eugène Mijers' Metamorphose? Ich denke, er war ein äußerst ehrgeiziger Mann und schon in den Vorkriegsjahren war es sein Ziel, mit seinen Ansichten einmal Einfluss auf die koloniale Gesellschaft auszuüben. Als sich zwischen 1945 und der Souveränitätsübertragung viele gut qualifizierte Indo-Europäer erboten, als Vermittler zwischen der niederländischen Regierung und den Völkern des Archipels aufzutreten (aufgrund ihrer Abstammung waren sie den Verhältnissen im Land besser angepasst), wird er seine Chance ergriffen haben. Ich habe meinen Vater mehrfach mit Besuchern über die wachsende Unzufriedenheit unter den »Indo-Beamten« sprechen hören, weil die frisch aus der Heimat eingetroffenen «Vollblüter«, für die das Tropenleben lediglich während der Dauer ihrer Anstellung bestand, vorgezogen wurden.

Als sich nach der Niederlage Japans herausstellte, dass die früheren Verhältnisse in Niederländisch-Indien nicht wiederkehren würden, schien es für kurze Zeit, dass diejenigen, die sich selbstverständlich schon immer für Bleibende gehalten hatten, eine neue, mitbestimmende Rolle übernehmen könnten. Eugène Mijers entschied sich für die Zugehörigkeit zu dieser letzten Endes gescheiterten, heimatlosen Gruppe, schuf sich einen eigenen Stammbaum mit einer indonesischen Urahnin und eine apokryphe, stark von javanischen Stimmungen und Gepflogenheiten beeinflusste Jugend in Niederländisch-Indien. Bei seiner Lesung in Den Haag erzählte er voller Hingabe von einer lieben treuen *babu*, die ihn in ihrem *slendang* getragen und mit javanischer Weisheit erzogen hatte.

Allerdings erkannte ich in dieser Schilderung, was das Äußere betrifft, Moenah, Frau Mijers' »Leibdienerin«. Die aufgeweckte, immer etwas barsche Frau hätte sich bestimmt über die Wortwahl gewundert, mit der sie zur Romanfigur erhoben wurde, und dann auch noch von Eugène, der sie wie Luft behandelt hat, wenn er zum Tee kam. Eigentlich wollte ich damals, 1962, nach der Lesung zu ihm gehen und ihn fragen, ob er vielleicht Neuigkeiten über Dee und Non hätte. Aber ich habe es nicht getan, weil klar war, dass er eher peinlich berührt als angenehm überrascht gewesen wäre. Wieso hätte ich ihm diese andere Identität nicht gönnen sollen? Er verlieh sich damit einen Status, der seinem Leben einen Sinn gab.

Im Postskriptum seines letzten Briefs hat mich Moorland auf wissenschaftliche Publikationen aufmerksam gemacht: »Politisch motivierte Maßnahmen in Niederländisch-Indien«. Er hat mir eine Zusammenfassung bestimmter Ereignisse und Anordnungen aus den dreißiger Jahren zugeschickt. Dass es ein striktes Verbot zur Einfuhr und Verbreitung von Zeitschriften und Zeitungen mit politisch unerwünschtem Inhalt gegeben hat, ist mir damals nicht bewusst gewesen. Meine Eltern sprachen in meiner Gegenwart niemals über solche Dinge. Ich nehme an, mein Vater hat sich, als Gouvernementsbeamter, streng an seine Schweigepflicht gehalten, auch im Kreise der Familie. Meine Mutter mit ihrem Hang zum Optimismus hat immer die Überzeugung vertreten, mit Wohlwollen und Beherztheit ließe sich jede Diskrepanz ausbügeln und jeder Konflikt vermeiden. An den Ernst bestimmter

Entwicklungen hat sie mit Sicherheit nicht geglaubt. Erst 1967 erzählte mir in Jakarta jemand, der vor dem Krieg selbst ein sehr engagierter Jurastudent gewesen war, dass damals regelmäßig von einem Zentralen Aktionskomitee in Brüssel revolutionäre Informationen nach Niederländisch-Indien geschickt worden waren, getarnt als Werbebroschüren für Arzneimittel oder Kosmetikartikel. Zwischen unschuldigen Prospekten und in identischen Umschlägen verpackt, gelangten sie zu einem Mitstreiter mit einer unverdächtigen Adresse und wurden von dort dann in Umlauf gebracht. Es handelte sich dabei um die reinste kommunistische Propaganda, von der sich ziemlich viele junge Nationalisten, unter anderem er selbst, mit der Zeit distanziert hatten. Ich frage mich, wie hinter Frau Mijers' Rücken je eine solche Postsendung in ihr Haus gelangt ist. Wenn Sula Saleh wirklich eine nahe Verwandte von jemandem war, der vom Geheimdienst beobachtet wurde, hätte sie sich keine bessere Tarnung ausdenken können, als den Umgang mit der Enkeltochter einer »Grande Dame« aus einem angestammten Geschlecht.

Dee hatte mich damals nicht einweihen wollen. Das hatte ich gemerkt und als Vertrauensbruch aufgefasst. Hatten für sie Solidaritätsempfinden zu Sulas Gruppe und ihr Verlangen, dazu zugehören, schwerer gewogen als das Wissen, dass ich sie niemals verraten hätte? Oder hat sie mir nur nichts erzählt, weil sie mich nicht in etwas hineinziehen wollte, was in jener Zeit immerhin strafbar war?

Mein Erstaunen über die Selbstverständlichkeit, mit der die Niederländer Anordnungen und Strukturen, die ursprünglich für die Wahrnehmung von Geschäftsinteressen gedacht waren, allmählich in eine Oberherrschaft auf dem Archipel umwandelten, und jeglichen Widerstand gegen ihre Anwesenheit und ihr Auftreten als illegal und subversiv angesehen haben, nimmt stetig zu. Ich muss an Dee denken, die wohl schon damals begriffen hat, dass Meinungsfreiheit und politische Opposition für eine Demokratie unverzichtbar sind, und es deshalb in unserer Kolonie kein demokratisches System gab. Wie viele Indonesier haben Niederländisch-Indien wohl als einen Polizeistaat empfunden? Sagt Dees Entscheidung, sich vor und während der japanischen Besatzung für Sula und die Studentenaktivisten einzusetzen, etwas über ihre eigenen politischen Überzeugungen aus? Ich entnehme Moorlands Fragen, dass er darauf abzielt. Ich weiß von Dee, dass sie keinen Moment daran gedacht hat, indonesische Staatsbürgerin zu werden. Ihre Sympathie für die Nationalisten ergab sich wohl vielmehr aus ihrem kritischen Blick auf die koloniale Gesellschaft, den sie schon als junges Mädchen gehabt hat. Doch diese Kritik richtete sich in erster Linie gegen die verkappten Formen der Diskriminierung der Indo-Europäer in unseren eigenen »besseren Kreisen«. Das habe ich allerdings erst viel später verstanden, auch wenn ich damals gespürt habe, dass es eine Schieflage zwischen offizieller Zuvorkommenheit und unterschwelliger Reserviertheit gab.

Meine Eltern mochten Louis Mijers aufrichtig (von allen Menschen, mit denen wir verkehrten, war er unser einziger echter Hausfreund), aber manchmal hatte ich auch als Kind schon den Eindruck, dass trotz aller Herzlichkeit und Kameradschaft ein kaum wahrnehmbarer gegenseitiger Vorbehalt bestehen blieb. Meine Eltern schienen sich dessen nicht bewusst zu sein, oder sie fanden es selbstverständlich. Louis kommentierte ihre Worte oder ihr Handeln manchmal mit beißendem Spott, von Zeit zu Zeit an der Grenze zur Boshaftigkeit, oder er wandte sich, deutlich auf der Hut, mit starrem Blick ab. Blitzartig aber war die gute Stimmung wieder hergestellt.

In diesem Zusammenhang muss ich an die Bemerkung meiner Mutter denken, die ich einmal über *pinter busuk*, diesen scheinbar bösen Charakterzug von Louis, aufgeschnappt habe. Nie aber wurde diese Eigenschaft näher erklärt oder gar ein Beispiel dafür gegeben.

Offensichtlich wurde diese Seite seiner Persönlichkeit akzeptiert, wie auch der Umstand, dass er nunmal ein »Playboy« war.

Mein Vater bedauerte dies zwar, gab sich aber auch keine Mühe, auf Louis einzuwirken. Zeugte diese Haltung von Respekt für einen anderen Lebensstil oder verbarg sich etwas Herablassendes dahinter, in der Art von: »*Sudah*, lass gut sein, so schlimm ist es nicht.«?

Dee liegt bäuchlings auf dem Bett, das Gesicht ins Kissen gepresst. Die *guling* liegt am Fußende. Als ich ihre Schulter berühre, fängt sie an, wie eine Furie mit geballten Fäusten auf die Matratze einzudreschen. »Pa ist weg! Er ist weg! Ohne mich! Wenn ich ihn wiedersehe, schlage ich ihn tot!«

Auf diese Weise erfahre ich, dass Louis Mijers endlich getan hat, was er schon jahrelang vorhatte: Nach Brasilien auszuwandern und dort ein Grundstück für ein neues Pakembangan zu kaufen. Manchmal hat er bei uns Zuhause davon gesprochen, aber meine Eltern haben es nicht ernstgenommen. »Eine Mestizenkultur« nennt mein Vater das Land, wenn Louis es nicht hört.

In Dees Zimmer ist es halbdunkel. Sie liegt schon seit Stunden so da und selbst als die Sonne es zuließ, hat sie den *kree* nicht geöffnet. Hier hat sich nichts verändert, seit wir Kinder waren. Noch immer stehen hier die niedrigen Stühle von einem Möbelchinesen und die aus der Kompaniezeit stammende Liegebank, ein Erbstück der Muntinghs, auf der ich, als ich klein war, unter dem an der Decke befestigten Reisemoskitonetz schlafen durfte, wenn ich über

Nacht blieb. Auf dieser Bank sitze ich nun und betrachte Dee. Mir ist vollkommen neu, was Dee zornig schluchzend erzählt, Louis habe ihr versprochen, sie mit nach Brasilien zu nehmen. Allmählich komme ich dahinter, wie viel mehr Kontakt sie zu ihrem Vater hatte, wenn er in Batavia war, als sie zugeben mag. Ihr Wunsch, mit ihm fortzugehen, kommt von einem Solidaritätsgefühl, von dem ich nie etwas bemerkt habe. Auch Frau Mijers und Non hat sie nicht in ihre Pläne eingeweiht. Sie findet die beiden in ihrem Festhalten an einer Welt, die schon lange nicht mehr existiert, sowieso vollkommen töricht. Wenigstens hat ihr Pa das begriffen und will nun irgendwo leben, wo er auf gleichem Fuße mit allen anderen steht. Die meisten Brasilianer sind doch Mischlinge! Himmel, wie sie sich über ihre Großmutter ärgert, die meint, sie gehöre immer noch zur batavischen Oberschicht, mit ihren Teekränzchen und Komitees. Sie bemerkt nicht, wie die übertrieben freundlichen *totoks* hinter ihrem Rücken über die Vermessenheit einer Frau reden, deren Tochter »so schwarz ist wie mein Stiefel«. Und außer den holländischen Frauen sind da noch die adeligen sudanesischen Damen, deren Familien einmal Land besessen haben, das die Muntinghs irgendwann kauften; das verzeihen sie nicht und sie sehen aus schwindelnder Höhe auf Oma Moes hinab.

Dee hat sich endlich umgedreht, sie lehnt jetzt kerzengerade an den weißlackierten Eisenstäben am Kopfende ihres Bettes und wischt sich das verheulte Gesicht ab. Ich sage, sie bilde sich das alles nur ein oder übertreibe, sie aber faucht mich an: »Du verstehst überhaupt nichts, du bist weiß! Stell dir vor, du hättest einen Bruder, meinst du, der dürfte mich heiraten? Und was würden deine Eltern sagen, wenn du mit einem Javaner nach Hause kämst?«

»So sind meine Eltern nicht, du kennst sie doch!«, rufe ich. Dee schnaubt und wendet sich ab. Kurz ist es still, dann fängt sie an, Dinge aus der Zeit vor unserer Geburt zu enthüllen, von denen ich zu Hause nur sehr vage etwas gehört habe. Ich weiß, dass Louis Mijers, wie es so schön heißt, ein »Verehrer« meiner Mutter gewesen ist, aber ich habe mir das immer als einen mehr oder weniger scherzhaften Flirt bei den Tanzabenden im Klub vorgestellt. Dee erzählt mir nun, es sei ihm ernst gewesen, meiner Mutter zunächst auch, doch mein Großvater hat Louis zu sich gerufen und ihm unmissverständlich zu verstehen gegeben, er könne sich eine Verlobung aus dem Kopf schlagen. Sie haben sich dann heimlich getroffen und mein Vater, immerhin Louis' bester Freund, spielte den Aufpasser. Die beiden haben sich sozusagen unter Louis' Augen verliebt, und nun war da plötzlich nicht mehr die Rede von »das geht nicht«! Und dann die Sache mit Non!

»Davon hast du auch keine Ahnung, oder?«, sagt Dee angriffslustig. »Non war in deinen Vater total verschossen, als der hier im Pavillon gewohnt hat. Das hat mir Moenah erzählt und Oma Moes hat gehofft, das Geld unserer Familie würde den Ausschlag geben, sie hätte ihn gern zum Schwiegersohn gehabt, schon wegen seiner hellen Haut! Ja, jetzt guckst du dumm! Dein Vater hat nicht einmal gemerkt, dass Non ihn wollte. Weshalb meinst du, ist sie so verrückt nach dir? Du bist sein Kind, und nun tut sie so, als wärest du auch ihr Kind. Ihre Toet! *Kassian*, was!«

Ich half Non immer gern bei der Orchideenpflege. Außer dem vorsichtigen Entfernen von verwelkten Blüten und beschädigten oder braunen Blättern vertraute sie mir mit der Zeit auch kniffligere und nicht immer angenehme Arbeiten an. Sie hatte eine große Sammlung von Dendrobium veratrifolium, Orchideen mit unzähligen, lilafarbenen und rosaroten Blüten. In ihren großen Töpfen standen sie, kraftvoll und hoch gewachsen, manchmal monatelang in voller Blüte und gaben dem *pendoppo* ein festliches Aussehen, von dem ich nie genug kriegen konnte. Aus unerfindlichen Gründen wurden sie regelmäßig Opfer von Käfern, die ihre

Larven auf den Blättern ablegten. Die schleimigen Raupen verpuppten sich (das sah aus wie getrockneter Seifenschaum), und dann musste ich den neuen Insektenjahrgang mit der Hand fangen und zerdrücken. Für den Schutz der schönen Blumen nahm ich die klebrigen Finger gern in Kauf.

Meine Lieblingsorchidee war die *anggrek bulan*, die Mondblume: rund, schneeweiß, manchmal mit zehn Blütenkelchen an einem langen Stiel. Gerade diese betörende Art hatte oft mit einer Krankheit zu kämpfen, gegen die anscheinend kein Kraut gewachsen war. Waren die Blätter durch hereingewehten Regen oder übermäßiges Gießen (wofür der *kebon* zu Nons Verzweiflung wiederholt verantwortlich war), zu nass geworden, kam es im Blattgrün zu durchsichtigen Flecken, die dann zu Blasen anschwollen, gefüllt mit einem stinkenden schwarzen Brei. Um zu verhindern, dass die kranken Pflanzen ihre Nachbarn ansteckten, wurden die angegriffenen Blätter stark zurückgeschnitten. Doch für gewöhnlich lief es darauf hinaus, dass wir innerhalb weniger Tage jede Menge Farnwurzeltorf mit den fauligen Resten der *anggrek bulan* wegräumen und verbrennen mussten. Der unerbittliche Lauf der Natur, bei dem sich die weiße Blumenpracht vor meinen Augen in einen ekelhaften Matsch verwandelte, erschreckte mich jedes Mal aufs Neue.

Solange ich zurückdenken kann, hat die Ebenholztruhe im Arbeitszimmer meines Vaters gestanden. Besuchern, die die reich verzierten Kupferbeschläge einzigartig nannten, erzählte er gern, wie er zu der Truhe gekommen war. Unzählige Male habe ich die Geschichte gehört.

Auf einer seiner Dienstreisen, irgendwo im Landesinneren von Sumatra, hatte er mit einem Assistenten des dortigen Distriktvorstehers zu tun, der für seine Pilgerfahrt nach Mekka genau so einen Schrankkoffer mit Metallbändern und Zinkeinfassung suchte, wie das unverwüstliche Exemplar, das mein Vater mit auf Reisen nahm. Er gäbe meinem Vater im Tausch gerne die von ihm bewunderte Ziertruhe. War sich der Mann über den Wert dieser Antiquität bewusst? Er wollte nichts von einer zusätzlichen Vergütung wissen, weil die »Seele« der Truhe keine Geldgeschäfte vertrage. Mein Vater verstand den Wink und versicherte ihm, dass er darin nur gute Dinge aufbewahren würde. Jedes Jahr durfte ich mein Versetzungszeugnis zu der Heiratsurkunde meiner Eltern legen, zu den Familienfotos, den Dokumenten über Anstellung und Beförderungen meines Vaters, dem *Bataviaas Nieuwsblad* mit meiner Geburtsanzeige und der persönlichen Korrespondenz. Ich öffnete und verschloss die Truhe eigenhändig mit dem großen dekorativen Schlüssel, der sich nur mühsam im Schloss drehen ließ. Ich brauchte immer viel Kraft und musste in den »Schlüsselkopf« kneifen. Das ineinandergeschlungene Metallgeflecht (auch mein Vater nahm an, dass es sich um uralte, arabische Schriftzeichen handelte) war scharf und hinterließ einen Abdruck auf meinen Fingerspitzen.

Taco erhielt 1952 im Rahmen eines Projekts für den zukünftigen Austausch von Studenten die Möglichkeit, Gespräche mit einigen Universitäten auf Java zu führen. Auf eigene Rechnung begleitete ich ihn. Die Sehnsucht nach unserem Geburtsland ließ sich nicht unterdrücken, auch wenn wir beide wussten, dass die Unbefangenheit, mit der wir diese Welt erlebt hatten, für immer verschwunden war. Taco hoffte, dass dank seiner Vermittlung bleibende Kontakte geknüpft werden konnten. Obwohl er äußerst zuvorkommend empfangen wurde, ging es irgendwie nicht voran. Er setzte sich mit einigen indonesischen Intellektuellen in Verbindung, die seine Eltern gekannt hatten, aber es stellte sich schnell heraus, dass sie bei den Bürokraten des Sukarno-Regimes kein Gehör fanden.

Als ich Non zum ersten Mal wiedersah, in dem inzwischen vollständig vom *kampong* verschluckten Häuschen von Onkel Boedi und Tante Neng, bekam ich einen Schock, als ich die Ebenholztruhe dort vorfand, das einzige erhaltene Möbelstück aus dem Hausrat meiner Eltern. Bevor sie von den Japanern interniert wurden, hatten sie es Non anvertraut, die aufgrund ihres Äußeren nicht in ein Lager musste. Frau Mijers betrachtete es als ausgemachte Sache, dass sie trotz ihres französischen Vaters das Schicksal der Vollblut-Niederländerinnen in Batavia teilen sollte. Dass Dee, die ja ebenfalls zur Hälfte europäischer Herkunft war, öffentlich ihre asiatischen Gene der Familien Muntingh und Mijers betonte und sich, nun, da sie einundzwanzig und mündig war, als Belanda-Indo registrieren ließ, war für Frau Mijers unbegreiflich und unverzeihlich gewesen.

Sie hatte ihrer Enkelin eine entsetzliche Szene gemacht und sie »verstoßen«, wie Non es nannte. Die Situation wurde noch um etliches verschlimmert, als sie anmerkte, Dee stamme bestimmt nicht einmal von den Muntinghs und Mijers ab, sondern sei von einem dieser russischen Artisten, oder von Gott weiß wem bei ihrer Schlampe von Mutter gezeugt worden, bevor sie Louis verführt habe.

Dee reagierte ebenso gelassen wie hochmütig: Sie sei froh, endlich den wahren Grund für Frau Mijers' Abneigung und für Louis' Gleichgültigkeit ihr gegenüber zu erfahren, die sie immer empfunden und worunter sie als Kind heimlich gelitten habe. Sie verzichte gerne auf den Namen Mijers, den sie womöglich ja zu Unrecht trage. Fortan würde sie sich Wychinska nennen.

Wie eine verbannte Königin war Frau Mijers mit ihren Koffern, dem Strohsack und dem Moskitonetz auf den Lastwagen geklettert, der sie und die anderen Frauen aus dem Viertel zum Internierungslager Tjideng bringen sollte. Kein einziges Mal hat sie sich nach Non und den Bediensteten umgeblickt, die sie bis zum Ende der Auffahrt begleitet hatten, um ihr Gepäck zu tragen. Hat Frau Mijers den neuen Status ihrer Tochter als noch schlimmeren Gesichtsverlust aufgefasst als Dees freiwillige Entscheidung?

Das Haus und der gesamte Hausrat wurden von den Japanern beschlagnahmt. Non hatte zuvor alle Papiere, die sie in Frau Mijers' Sekretär und in Louis' ehemaligem Zimmer finden konnte, zu den Sachen meiner Eltern in die Ebenholztruhe gelegt und die Truhe dann mit zu Boedi und Neng genommen. Dort blieb sie auch wohnen.

Jetzt, da Frau Mijers tot war und Louis aus Brasilien nie wieder etwas von sich hatte hören lassen, hatte sie die Dokumente, die sich auf Pakembangan bezogen, an sich genommen. Der Sohn von »du weißt schon wem«, der mit seiner Mutter die Kriegsjahre in Australien verbracht hatte, versuchte verbissen – aber zu Nons Zufriedenheit vergeblich – als Verwalter des ehemaligen kolonialen Landwirtschaftsbetriebs anerkannt zu werden. Seit sie Indonesierin geworden war, hegte Non einen Traum: Sie wollte nichts weiter dazu sagen, als dass Pakembangan der ideale Ort für eine große Blumenzüchterei sei. Am Dachvorsprung der hinteren Veranda hingen einige Orchideen, wahrscheinlich die Ableger der einzigen Pflanzen, die sie aus ihrem *pendoppo* hatte retten können. Was hatte ich Mitleid mit ihr, wie machtlos fühlte ich mich. Das bisschen finanzielle Unterstützung, das ich ihr anbieten konnte, reichte gerade für ein Leben im *kampong*.

Ich erfuhr jetzt, wie schwer sie, Boedi und Neng es während der japanischen Besatzung gehabt hatten, wie sie nur durch den Tausch und Verkauf von Kleidung und Hausrat am Leben geblieben waren. Nach der Beschlagnahmung von Pakembangan hatte Boedi seine »Pension« nicht mehr erhalten, aber ab und an bekam er von alten Bekannten vom Landgut etwas Reis und Gemüse.

Neng stellte Süßigkeiten und Kekse her, Non strickte und häkelte Kinderkleidung nach Mustern, an die sie sich vom Schulunterricht bei den Ursulinen erinnern konnte. Boedi ging mit den Waren dann von Tür zu Tür.

»Jetzt musst du die Truhe mit nach Holland nehmen«, sagte Non. »Das Album von Pakembangan ist auch drin, es ist für dich, du hast die Fotos immer so schön gefunden, stimmt's?«

Es kostete mich die größte Mühe, ihr etwas über Dee zu entlocken. Die Art, wie sie ausweichend antwortete oder mit abgewandtem Blick schwieg, kannte ich von ihr nur allzu gut. Dennoch hat sie mir schließlich etwas erzählt. Sie beteuerte, Dee sei in keinster Weise jemals pro-Nippon gewesen – im Gegenteil! –, hätte aber während der Besatzungszeit wegen ihrer Sprachkenntnisse und ihrer Büroausbildung eine gute Stelle bei einer Bank bekommen. Außerhalb der Arbeit verkehrte sie nicht mit den Japanern und verhielt sich somit genauso wie Sula Saleh und die nationalistischen Intellektuellen, die auch auf zwei Hochzeiten tanzten. Sie erweckten den Eindruck, zur Zusammenarbeit mit dem Besatzer bereit zu sein, führten aber gleichzeitig heimlich ihren Unabhängigkeitskampf weiter. Richtig akzeptiert wurde Dee von Sulas militanter Gruppe nie, aber sie war schon allein wegen ihres Arbeitsplatzes von Nutzen.

Non verabscheute diese Doppelmoral. Sie war den Niederlanden gegenüber loyal geblieben, genau wie Boedi, Neng und die meisten nicht internierten »kleinen Indos«, die sie kannte. Es war vorgekommen, dass sich niederländische Frauen im Tjideng-Lager geweigert hatten, Essen anzunehmen, das die als Landesverräterin angesehene Dee ins Lager schmuggeln wollte. Non und auch Moenah, die beide durch Ritzen und Löcher im Zaun mit den Lagerinsassen in Verbindung geblieben waren, gingen davon aus, Frau Mijers sei nicht an Hunger oder durch Krankheit gestorben, sondern weil sie sich buchstäblich zu Tode geschämt hatte.

Non erzählte das alles mit leiser Stimme und ohne mich dabei anzusehen, während die beiden Alten unbeweglich in ihrem kleinen halbdunklen Zimmer saßen. Ich fragte mich, weshalb Non meine Fragen nach Dee so ausweichend beantwortete. Natürlich wollte ich wissen, wie es ihr ging, wo sie war, was sie machte. Die Namensänderung, wie überraschend auch immer, war mir egal, und ich war mir sicher, dass dies auch für meine Eltern keine Rolle gespielt hätte. Es gab da etwas anderes, das ich nicht verstand, und das ich in der kurzen Zeit während meines Aufenthalts in Jakarta aufzudecken hoffte.

Als ich zu Non sage, mein Elternhaus wiedersehen zu wollen und sie bitte, mich zu begleiten, wird ihr Blick stumpf. Ihre ganze Haltung drückt Widerwillen aus.

»Warum, Toet, es ist dort nicht mehr wie früher. Eine hässliche Gegend, voller Gerümpel und Dreck. Und gefährlich, überall *buajas*, die einem die Tasche stehlen, du kennst doch diese Leute...«

Ich erwarte nicht, unser Haus so vorzufinden, wie ich es gekannt habe, dafür habe ich im Nachkriegs-Jakarta schon genug gesehen. Ich gehe auch allein, aber das will Non nicht.

Mit einem *betjak* fahren wir zu der vertrauten Adresse. Noch immer tragen die Alleen in dem Viertel ihre alten Namen, Namen von Früchten und Bergen. Es ist nur viel schattiger, die Baumkronen sind über der Straße zusammengewachsen, viele Gärten sind verwildert. Hier und da, wo ein Haus abgerissen wurde, klafft eine Lücke. An den Straßenecken sind *warungs*, kleine Straßenstände, und *bengkel*, Werkstätten, aus dem Boden geschossen.

Risse und Löcher machen die Fahrt zu einem ziemlichen Wagnis. Es ist auffällig ruhig in diesem Viertel.

Nur bei den *tokos* stehen ein paar Leute, hauptsächlich Frauen. Sie schauen kurz zu mir hinüber, aber, wie auch im Stadtzentrum, nicht feindselig.

Die Häuserzeile, gebaut im seinerzeit sogenannten Modernen Kolonialstil, ist noch an den gleichförmigen Dächern zu erkennen. Wie überall in der Stadt sind auch hier alle Balkone und Erker zugenagelt oder mit Gittern und Stacheldraht gesichert. Aus dem stehenden *betjak* betrachte ich die Nummer sieben, die Fenster vom Esszimmer und von Vaters Arbeitszimmer und den überdachten (heute zu einem Schuppen umgebauten) Balkon im ersten Stock, wo ich in den kühlen Stunden meine Hausaufgaben erledigte.

Das Haus ist bewohnt, aber es ist kein Mensch zu sehen. Oder doch: An der Seite, an einer kahlen Stelle, wo früher in einem Beet rote und orangegelbe Cannas blühten, bewegt sich etwas. Dort hockt jemand und wühlt in der Erde.

»Sieh nicht hin!«, sagt Non plötzlich und packt mich fest am Arm. Mit einem »*Ajo saudara, naik terus, ja, lekas, tjepat!*«, spornt sie den *betjak*-Fahrer zum Aufbruch an. Ich kann den Blick nicht von der hockenden Frau abwenden, deren Gesicht hinter ihren langen Haaren verborgen bleibt, deren Haltung und Bewegungen mir aber mit einem Mal beunruhigend vertraut vorkommen. Verwirrt drehe ich mich zu Non um, die den Fahrer, der schon auf den Pedalen steht, damit er mehr Kraft hat, erneut zur Eile mahnt. Ich sehe wieder zum Haus hinüber, doch nun ist die Stelle an der Mauer verlassen und ich begreife allmählich, dass meine Mutter dort nicht wirklich gesessen hat.

Später an diesem Tag bekam ich zu hören, was mir erst niemand erzählen mochte. Ich wusste natürlich, dass in den ersten Tagen der japanischen Niederlage, als die Tore der batavischen Internierungslager geöffnet wurden, viele Frauen (nichts ahnend von den chaotischen Zuständen in der Stadt) hinaustraten und in die Hände von *pemudas* gefallen waren. Die mit Messern und spitzen Bambusstöcken bewaffneten Banden radikaler, junger Nationalisten kannten keine Gnade. Meine Mutter gehörte zu denjenigen, die niemals wieder gesehen wurden, nachdem sie das Lager verlassen hatten. Sie war also nicht, wie ich immer angenommen hatte, kurz nach der Befreiung an einer Krankheit oder Unterernährung gestorben. Non glaubte, sie war zu unserem Haus gegangen, um etwas zu suchen oder zu holen, was dort vielleicht noch zu finden war. Wenn Non jetzt an der Nummer sieben vorbeikam – was sie möglichst vermied –, sah sie manchmal die schmächtige Gestalt mit bloßen Händen in der Erde wühlen.

Meine Skepsis, die ich mir in Holland zugelegt hatte, löste sich in Luft auf. Ich konnte also immer noch sehen, was Non sah und - wenn sie dabei war - einen Blick in eine Dimension außerhalb vom Hier und Jetzt werfen. Ich bemerkte, dass diese Entdeckung sie ebenso schockierte wie mich, ihr aber auch, wie früher, eine gewisse Genugtuung gab.

»Dumm, oder, Dinge zwischen den Cannas zu verscharren!«, sagte sie kopfschüttelnd. Hatte meine Mutter vor ihrer Internierung Geld und Schmuck vergraben, wie so viele Leute damals? In der Annahme, die Japaner wären in wenigen Monaten besiegt und vertrieben? Non erinnerte mich daran, dass die Wurzelstöcke der Cannapflanzen regelmäßig gerodet, zerkleinert und dann wieder angepflanzt wurden. Neue Bewohner, die nach Mutters Wegzug den Garten instandsetzen wollten, hätten, noch bevor ein Jahr vergangen wäre, das gesamte Beet umgegraben. Natürlich hat meine Mutter das auch gewusst.

Diese Erscheinung, für einige Sekunden so trügerisch nahe, ließ mir keine Ruhe. Warum war gerade dieses Bild wie eine Luftspiegelung außerhalb von Raum und Zeit sichtbar geworden?

Ich äußerte die Möglichkeit, dass meine Mutter eine Vereinbarung mit jemandem getroffen haben könnte, der nicht ins Lager musste (oder mit Omar und Idah), um das Versteckte schnell wieder auszugraben und für sie aufzubewahren. Ich hatte nach dem Krieg oft von Remigranten gehört, die auf diese Weise das ein oder andere haben retten können.

Non reagierte ungewöhnlich heftig: »Und wer? Wer soll es eingesteckt haben?«

Ich habe die Hoffnung schon aufgegeben, Dee zu treffen. Aber kurz vor meiner Abreise aus Jakarta fädelt Non doch noch ein Wiedersehen ein. Sie kommen gemeinsam ins Hotel, am letzten Nachmittag, gerade als mir der Tee auf der Veranda meines Zimmers serviert wird. Ich sehe die beiden schon von weitem auf dem Weg vom Hauptgebäude hierher. Dee ist sofort an ihrem Gang, ihrer stolzen Haltung und den langen Schritten zu erkennen. Ihr Rock und ihre Bluse sind khakifarben, fast eine Uniform, und das – jetzt lange – Haar hat sie hochgesteckt. Ich stehe auf und gehe ihr entgegen, will sie umarmen, so wie ich Non umarmt habe, als ich vor Boedis und Nengs Haus ausgestiegen war. Was ich auch immer erwartet habe, bestimmt nicht die Art, wie Dee mich begrüßt, mit kurzem Händedruck und taxierendem Blick. Dieser Blick schafft Distanz, macht es gleich unmöglich, unser altes Vertrauensverhältnis wiederzufinden. Als ich einen Schritt zurücktrete, fällt mir auf ihrem linken Blusenrevers eine schmale goldene Anstecknadel auf, die meiner Mutter gehört hat. Mein Blick entgeht ihr nicht. Ohne dass ich gefragt hätte, sagt sie, meine Mutter habe ihr ein Andenken geben wollen, bevor sie ins Lager gehen musste. Da sie sich aber vorstellen könne, dass ich, nach allem was passiert ist, selbst kein solches Andenken besäße, fände sie, ich hätte mehr Recht darauf. Sie löst die Nadel und hält sie mir entgegen.

»Nein, sie gehört dir«, sage ich, beschämt darüber, was mir blitzartig durch den Kopf geschossen ist. Non steht schweigend bei uns und sieht mich an. Dee legt das Schmuckstück neben das Teeservice auf den Tisch. Sie wird es nicht mehr anfassen.

Zwischen uns dreien war eigentlich kein Gespräch möglich. Über die Kriegsjahre und die Zeit der niederländischen »Polizeiaktionen« redeten wir kein Wort, als hätten wir uns abgesprochen. Es gab einfach zu viel, das wir nicht voneinander wussten oder nicht hätten erklären können. Im Gegensatz zu Non, die mich in den vergangenen Tagen immer dazu ermutigt hatte, zu erzählen, wie Taco und ich in Holland lebten, erkundigte Dee sich kein einziges Mal nach ihm, unserer Studentenzeit oder unserer Arbeit. Dass Non und Dee sich nur selten trafen, wurde immer deutlicher. Anscheinend aber hatte Non ihre Nichte von unserer Ankunft in Kenntnis gesetzt. Es verletzte mich, dass Dee von sich aus keinen einzigen Versuch unternommen hatte, Taco und mich zu treffen. Eine merkwürdige Stimmung lag in der Luft, wie bei Menschen, die einander kaum kennen und deshalb Höflichkeiten austauschen. Non musste dann zu einem Krankenbesuch aufbrechen. Dee und ich blieben am Rattantisch sitzen. Durch die Trennwände aus Bambusgeflecht drangen gedämpft Stimmen von den angrenzenden Veranden zu uns. Dee holte ein Päckchen Zigaretten aus der Tasche ihres weiten Rocks und hielt es mir vor die Nase.

»Rauchst du immer noch nicht?«, fragte sie, als ich ablehnte. Es waren die ersten Worte, die sie in einem Ton sprach, den ich kannte. Und gleich darauf, lachend hinter dem Rauch, den sie ausstieß: »Die Herma! *Njonja* Tadema! Gefällt es dir?«

Ich drängte sie, doch zu bleiben, bis Taco abends aus Bandoeng zurück wäre oder wenigstens am nächsten Tag rechtzeitig wiederzukommen, damit wir noch vor unserer Abreise gemeinsam essen könnten. Aber das war ihr nicht möglich. Ich sollte Taco einen Kuss von ihr geben, »for old time's sake«. Sie wollte wissen, ob ich hässliche Dinge über sie gehört hatte, seit ich in Jakarta war. Der Sohn von »du weißt schon wem« lungerte in der Stadt herum, was ich natürlich längst von Non wusste, und verbreitete übles Gerede, nannte sie eine »Nippon-Hure«, weil sie damals als Sekretärin für eine japanische Bank gearbeitet hatte. Ich sagte, dass Non mit Nachdruck für sie eingetreten sei, doch Dee schaute, als würde sie das bezweifeln. Sie erzählte mir, dass der Bankdirektor, ein gebildeter Herr, sie immer korrekt behandelt habe. Ohne seine Hilfe wäre sie 1945 von den *pemudas* aufgeschlitzt worden. »Wie deine Ma.«

Nach diesen Worten wurde sie kurz die Dee von früher, sie stand auf und umarmte mich.

Einer der Gründe, weshalb der nicht auffindbare Schlüssel eine freudsche Fehlleistung von mir sein könnte: Das Schulheft von Dee, das in der Truhe liegt. Es enthält Tagebucheinträge, die unsere Freundschaft – oder was ich dafür gehalten habe – fragwürdig machten.

Es ist die Sorte Heft, wie wir sie bei Toko Nam Bie, einem gut sortierten chinesischen Schreibwarenladen auf dem *Pasar Baroe*, gekauft haben. Wir hatten eine Vorliebe für Cahiers mit marmorierten, festen Einbänden in allen Farben des Regenbogens. Auf dem Etikett dieses Schulhefts steht in Dees etwas nach rechts neigender, runder Schrift »Pflanzenkunde, IXa«. Die ersten zehn oder zwölf Seiten sind voller Diktate.

Seit ich vor vielen, vielen Jahren einmal gelesen habe, was sie in der Zeit, als wir fast täglich zusammen gewesen sind, geschrieben hat, mochte ich offenbar keinen weiteren Blick auf das Land werfen, das die Ebenholztruhe für mich symbolisiert.

Wie sind Dees Notizen bloß in die Truhe gekommen? Befanden sie sich unter den Papieren, die Non aufs Geradewohl aus Frau Mijers' Haus mitgenommen hatte, bevor sie von dort weg musste? Ich kann mir nicht vorstellen, dass Non das Heft aufbewahrt hätte, wenn sie gelesen hätte, was Dee geschrieben hat. Oder sie hat es doch gelesen und wollte, dass ich Dees Verrat (denn so empfand ich es damals) entdecke, wenn die Truhe wieder in meinem Besitz wäre. 1952 war es mir nicht möglich, das schwere Möbelstück mit in die Niederlande zu nehmen. Also ließ ich die Truhe verpackt bei Non zurück, damit sie mir per Schiff nachgeschickt werden konnte.

Ich habe nie herausfinden können, durch welchen Zufall oder welches Missverständnis die verloren geglaubte Truhe 1963, nach Jahren der unterbrochenen Postverbindungen zu den Niederlanden, schließlich bei der damals wiedereröffneten Niederländischen Vertretung in Jakarta aufgetaucht ist. Man hat sie mir dann von dort aus zugeschickt. Hat irgendjemand sie je ausgepackt und geöffnet? Der Schlüssel befand sich in einem kleinen Beutel, der an der Juteverpackung festgenäht war.

Ich war überrascht, auf dieses Souvenir aus unserer Schulzeit zu stoßen. Selbst habe ich aus dieser Zeit nichts aufgehoben. Plötzlich überkamen mich allerlei Erinnerungen an den Biologieunterricht des begeisterten Naturliebhabers mit seinem strubbeligen Bart, der es vorzog, uns mit aufs Land oder zu den Mangroven an der Küste mitzunehmen, statt im Klassenraum die Theorie zu behandeln. Die Zeichnungen von Blattformen zwischen dem Text habe ich gemacht. Dee hatte dafür nicht die Geduld, und ich hatte Freude daran.

Als ich sie nun wiedersah, war ich über die sorgfältigen Darstellungen der prachtvoll geäderten und gemusterten Blätter erstaunt. Daneben stehen die lateinischen Namen: »Euphorbia pulcherrima«, »Stenandrium lindeni« und »Sanchezia nobilis«. Ich weiß nicht mehr, wie die Pflanzen auf malaysisch heißen. Ich glaube, sie wuchsen im Botanischen Garten in Buitenzorg, wo wir unter der Aufsicht unseres Lehrers ziemlich oft gewesen sind. Es waren herrliche Exkursionen und der Höhepunkt war immer ein Picknick an einem schattigen Platz unter den Kanaribäumen mit ihrem hohen Wurzelgeflecht, oder im Bambuswald zwischen den Grabsteinen angesehener Persönlichkeiten aus dem beginnenden neunzehnten Jahrhundert.

Zwischen den vielen unbeschriebenen Seiten in Dees dickem Schulheft stieß ich irgendwann durch Zufall auf vereinzelte, hastig hingekritzelte Sätze, kurze Ergüsse über Dinge, die an der Schule passiert waren und die mich bestürzten. Sie zeigten eine nie vermutete Seite von dem Menschen, den ich besser zu kennen meinte als irgendwen sonst. Unter den treffend charakterisierten Lehrern und Klassenkameraden stieß ich immer wieder auf mich als das Objekt von Dees scharfer Kritik. Am meisten entsetzte mich die Entdeckung, dass sie mich manchmal hasste, doch nicht meiner Worte oder meines Handelns wegen, sondern wegen dem, was ich in ihren Augen war: Ein Mädchen, in dem ich mich selbst nicht wiedererkennen konnte. Kann es wirklich sein, dass ich mit diesem diskriminierenden »weißen« Selbstbewusstsein behaftet war, ohne es gemerkt zu haben? Zeigte die Art, wie ich mich bei Dee zu Hause, aber besonders ihr gegenüber verhalten habe, nämlich indem ich mich übertrieben *senang* gab, tatsächlich, dass dies nicht wirklich der Fall war? Sie unterstellte mir Nachgiebigkeit und Kompromissbereitschaft nur zu heucheln und die Indo-*kesasar* nur zu spielen, um mich einzuschmeicheln. Wie sie diese Mimesis, diese Chamäleonhaltung, hasste! Ich bräuchte mir doch nicht so verzweifelt viel Mühe zu geben, als Kind echter *totoks* würde mir doch sowieso nichts passieren! Dass ich immer *halus* sein wollte, höflich und bescheiden, betrachtete sie als reines Gehabe.

Ihre Verleugnung dessen, was für mich schon damals ein so wichtiges, bindendes Element unserer Freundschaft gewesen ist, dass ich nämlich genauso wenig eine *totok* war wie sie, kränkte mich im Nachhinein. Als ich das alles las, und noch andere Dinge, an die ich mich nicht mehr wortwörtlich erinnere, musste ich an ihren Vater denken. Louis Mijers hatte mich, seit ich klein war, immer wieder auf eine verwirrend theatralische Art mit meiner Vollblut-Existenz konfrontiert: »Das Kind hier sieht immer so rein aus! So *manis*! Kein Fleck ist an ihr zu sehen. Deine Seele ist aber bestimmt nicht so weiß wie dein Gesicht! Komm schon, bekenne deine Sünden. Was tust du heimlich für ungezogene Sachen?«

Was für eine idiotische Frage. Ich betrachtete mich im Spiegel. Ja, ich sah aus wie eine *totok*. Ich hatte ein blasses Gesicht, blaue Augen, blondes Haar. In der Sonne wurde ich nie braun, sondern rot, und Nase und Stirn schälten sich schnell. Natürlich tat ich manchmal etwas Verbotenes, wie alle anderen, und auch schon mal heimlich, aber ich musste doch nicht nur wegen meines *totok*-Aussehens auch brav sein?

Weihnachten 1935: Ein »Charity-Abend« zugunsten des Waisenhauses Parapattan, organisiert von einem der zahlreichen Vereine zum Wohle der Gesellschaft, in denen meine Mutter Mitglied ist. Wie immer beteiligt sie sich eifrig an den Vorbereitungen, füllt Päckchen mit Kleidung und Süßigkeiten, tritt an Leute heran, die dem Abend mit Vorträgen und Musikstücken Glanz verleihen sollen. Es werden auch Tableaux vivants aufgeführt, eine altbewährte Erfolgsnummer, weil die größeren Kinder der Mitglieder mitspielen dürfen. Dee und ich sind bei einer Mädchengruppe eingeteilt. Die Leitung übernimmt eine Frau, die auch die Rubrik »Bastel- und Handarbeiten« im Monatsheft des Hausfrauenvereins betreut.

Zum Thema des Tableaux' hat man »Friede, Liebe und Vertrauen« gewählt, den Weihnachtsgedanken also etwas allgemeiner formuliert, mit Blick auch auf die Anhänger anderer Religionen unter den Zuschauern. Die Szene, in der Dee und ich mitwirken, heißt »Frauen der ganzen Welt, gemeinsam zum Lichte empor«.

Die erste und einzige Probe am Tag der Aufführung im für diese Gelegenheit wohlwollend zur Verfügung gestellten großen Saal des Klubhauses Concordia droht im Chaos zu versinken. Während die Regisseurin mit dem Skript in der Hand den freiwilligen Helfern zeigt, wie sie die Lampen und Vorhänge bedienen sollen, und im Hintergrund der Chor probt, werden die »lebenden Bilder« von einer Schar Mütter mit Hilfe von Schals, Schleiern, Sarongs, Kunstblumen, Fächern und Perlenketten als Frauen aus unterschiedlichsten exotischen Kulturen herausgeputzt. Eine Spanierin, eine Holländerin in Volendamer Tracht, eine Alpenländerin mit Dirndl und ein Mädchen im europäischen Wintermantel ihrer Mutter personifizieren den Westen. Aus zahlreichen Tischen unterschiedlichen Formats und mit aufgebockten Brettern wird eine abschüssige Fläche konstruiert und mit einem Teppich bedeckt: der Weg, zum Lichte empor. *Djongossen* des Klubs tragen Blumentöpfe mit Palmen und Farnen herbei, um noch sichtbare Tischbeine und hässliche Teppichfalten den Blicken zu entziehen.

Es dauert lange, bis wir alle unsere Plätze eingenommen haben, halb liegend, kniend oder kriechend, die Hände der Lichtquelle auf dem »Berggipfel« entgegengestreckt. Doch der gewünschte Effekt bleibt aus, darüber sind sich alle Anwesenden einig. Verkrampft liegen wir auf der Bretterbühne, schwitzend in unseren improvisierten Kostümen, die zum Teil nur mit Nadeln zusammengesteckt sind. Endlich beschließt die Regisseurin, dass eine

Figur oben auf dem Berg stehen soll, eine himmlische Erscheinung, die Personifizierung des Lichts. Die bekommt dann die volle Ladung der Scheinwerfer ab, während die Frauen der ganzen Welt im Halbdunkel bleiben.

»Und wer spielt den Engel?«, fragt jemand.

Kurze Stille. Plötzlich ertönt eine Stimme vom Berghang.

»Herma natürlich!« Dee sagt es, aus dem Faltenwurf eines indischen Sari. »So hell, so blond, ein richtiger Engel.«

Ich werde von meinem Platz gezerrt, meines Kimonos und japanischen Kopfschmucks aus Papierchrysanthemen entledigt und in ein Laken und etwas Moskitonetztüll drapiert. Mein Haar wird so frisiert, dass es mir wie ein Fächer über die Schultern fällt. Über eine Stehleiter erklimme ich den höchsten Punkt der Bühne. Die Lampen gehen an. »Perfekt«, sagt die Regisseurin.

Ich fühle mich verloren, besonders wegen der theatralischen Haltung, die ich einnehmen soll: einen Arm zum Himmel erhoben, den anderen in einer ermutigenden Geste den unterdrückt prustenden Erdenmenschen entgegengestreckt. Von meinem Platz aus kann ich durch den bogenförmigen Türrahmen des Saals in den Garten hinaus blicken und sehe einen Teil des Brunnens mit seinen gusseisernen Plastiken aus dem neunzehnten Jahrhundert. Dahinter liegt der Waterlooplein in der grellen Mittagssonne. Aber ich darf nicht starren, wohin ich will, mein Blick hat auf den Frauen zu meinen Füßen zu ruhen. Mir wird ein unmöglicher Gesichtsausdruck vorgeschrieben, eine Mischung aus Begeisterung, Mitgefühl und dem Bewusstsein, eine hehre Pflicht zu erfüllen. Ich schäme mich, ich bin so lächerlich, was ist das bloß für ein idiotisches Schauspiel. Ich verstehe nicht, wie Dee mich in eine derartige Lage hat bringen können, und das sage ich ihr auch abends nach der Vorstellung, als wir in dem brechend vollen Umkleideraum unsere Kleidungsstücke und Requisiten einsammeln.

Sie reagiert ungehalten: »Dann weigere dich doch, sag einfach, dass du nicht willst, warum bist du immer nur so artig und kannst nicht Nein sagen, wie stumpfsinnig!«

Trotzdem waren es weniger Dees garstige Tiraden in dem Pflanzenkundeheft, die mir das meiste Kopfzerbrechen bereiteten. Ich kannte ja ihre Launen, ihre *tinkas*, die genauso schnell vorüber waren, wie sie gekommen sind, und meist keinen anderen Grund hatten als ein für sie selbst unerklärliches Unbehagen. Sie hat es einmal als brennendes Jucken unter der Haut beschrieben, dort, wo sie nicht dran kam und das machte sie ganz verrückt. Dass diese Wutanfälle manchmal mit mir zu tun hatten, wäre mir nie in den Sinn gekommen. Aber nicht deshalb raubte mir die Entdeckung des Nam-Bie-Cahiers mein Selbstvertrauen.

Zwischen den Seiten fand ich einen Schnappschuss von ihr und mir. Taco hatte ihn 1937, kurz vor seiner Abreise in die Niederlande, im Schwimmbad des Berghotels Selabintanah aufgenommen. Ich besaß auch einmal einen Abzug, habe ihn aber irgendwann verloren. Mich hat dieses längst vergessene Foto aus unserer sorglosen javanischen Zeit überrascht und nach all den Jahren erstaunte mich auch die sichtbare Selbstverständlichkeit, mit der wir uns, als junge Mädchen, in der dolce-far-niente-Atmosphäre dieser Luxuswelt für einen Verbleib »oben« eingerichtet hatten. Wir stehen in unseren Badeanzügen unter den *tjemaras* am Beckenrand. Mit dem Emblem meines Wasserballklubs auf der Brust sehe ich genauso aus wie die gute Schwimmerin, die ich war: sportlich, aber wenig elegant. Dees Haltung, schon halb zum Wasser gewandt, ist ungewollt verführerisch. Das nasse, dünne Trikot klebt ihr am Körper und das Spiel von Licht und Schatten unter den Bäumen betont ihre Hüften und Brüste so wie bei den Nymphen auf einem Boroboedoer-Relief. Auf der Rückseite des Fotos steht in Tacos Handschrift eine Zeile aus dem Filmsong von Fred Astaire, von dem wir damals ganz besessen waren: »... the way you haunt my dreams...«

Moorland nennt mein Gedächtnis formidabel, aber er irrt sich. Es ist voller schwarzer Löcher und verschwommener Regionen. Mittlerweile bezweifle ich manches, das mir zu Beginn meiner Aufzeichnungen sicher schien. Außerdem weiß ich nicht mehr, wann sich was in der Beziehung zwischen Dee und Taco ereignet hat, aber das geht Moorland auch nichts an.

Über Taco zu schreiben fällt mir schwer. Wie überwinde ich meinen Widerwillen, meine Angst, die Erinnerungen an den Taco von früher in Worte zu fassen, das heißt, an den Taco Tadema, den ich zu kennen geglaubt habe. Der Taco unserer Schulzeit, mein »Liebster«, den ich im Hafen von Priok auf der *Johan van Oldenbarnevelt* habe wegfahren sehen – wir blieben spürbar verbunden, bis die Papierschlangen des traditionellen Abschiedsrituals zerrissen. Der Taco des einen holländischen Sommers 1939, mit dem ich in seinem Studentenzimmer, im Wald, in den Dünen und auf der Heide geschlafen habe und den ich im Oktober zum Bahnhof begleitete, von dem der Zug zur Fähre nach Genua abfuhr. Der Taco, den ich 1945 wiedergesehen habe, bis auf die Knochen abgemagert, von Geschwüren übersät, vor Unbehagen störrisch geworden, nicht mehr, nie mehr, der Geliebte des unbeschwerten letzten Vorkriegsjahrs. Der Taco unserer Studentenzeit, mit dem ich zusammengewohnt habe. Wir hatten beide unsere Eltern während der japanischen Besatzung und der *bersiap*-Zeit verloren. Der Taco unserer ersten siebzehn Ehejahre bis 1967, den ich nicht nur als meinen Ehemann, sondern auch als meinen besten Freund betrachtete, und schließlich der Taco, der 1968 in einem Krankenwagen nach Hause gebracht wurde, invalide, nach seiner Geiselnahme auf den Philippinen ein gebrochener Mann.

Am Hang des Vulkans Gedeh besaßen Tacos Eltern ein *pondok*, ein Ferienhaus, wovon unseres eine kleine Replik ist. Ich glaube, ich habe es zum ersten Mal gesehen, als ich mit meinen Eltern bei einer unserer jährlichen »sentimental journeys« auf dem Weg zu den Tjibeureum-Wasserfällen war. Das *pondok* lag oberhalb von Sindanglaja am äußersten Rand des bebauten Gebiets, wo der Asphalt aufhörte und die Pfade des Urwalds anfingen. Dort lag auch der prachtvolle Versuchsgarten von Tjibodas, zu dem wir sonntags manchmal gingen. Als Biologe hatte Tacos Vater dort mit dem Laboratorium für Bergflora zu tun. Die Tademas waren jedes Wochenende dort »oben«.

Als ich aufs Gymnasium kam, erkannte ich den großen, schlaksigen Jungen aus dem *pondok* bei Tjibodas sofort wieder. Er war zwei Klassen über mir. Wir sahen uns täglich, in den Schulfluren, im Schwimmbad, auf Festen. Taco hatte ein offenes »friesisches« Gesicht, strahlte eine lässige Unabhängigkeit aus, die ihn von den anderen Jungen seines Alters unterschied. Die fanden Dee und ich meistens zu angeberisch, zu lahm oder zu albern. Wegen seiner Größe trug Taco schon mit fünfzehn keine kurzen Hosen mehr. In seinen blütenweißen Pantalons und einem Schillerkragen-Hemd mit hochgerollten Ärmeln war er ein junger erwachsener Mann.

»Der fliegt auf dich«, sagte Dee gleich im ersten Jahr. Ich spürte das auch, und es war gegenseitig. Aber wir verhielten uns nicht wie Verliebte. Es blieb bei kurzen Blicken, flüchtigen Berührungen beim Tanzen auf dem Schulfest oder Herumtollen im Schwimmbad. Wir gingen zum Kanufahren mit einer ganzen Truppe nach Priok oder zur jährlichen Riesenkirmes, dem Pasar Gambir, auf dem Koningsplein, unternahmen immer gemeinsam mit anderen Fahrradtouren in die Umgebung von Batavia. Zuhause besuchten wir uns nie, das war nicht üblich. Damals fand man, Jungen und Mädchen sollten in der Pubertät noch keine »feste Beziehung« haben. 1936 bildeten wir bei der Jahresabschlussveranstaltung ein Musikduo: Taco spielte Geige und ich war gerade weit genug, um ihn am Klavier zu begleiten. Die Proben am Nachmittag in der Turnhalle der verlassenen Schule, in der ein Klavier stand, markierten eine Veränderung in unserem Umgang. Ich war sechzehn, Taco siebzehn. Wir lebten in einer Erwartungshaltung, keine Kinder mehr, aber noch nicht bereit für eine beherrschbare Form erotischer Berührungen. Wenn wir uns sahen, vermieden wir instinktiv das gefährliche Grenzgebiet zwischen Kameradschaft und Flirt. Gerade weil uns das körperliche Verlangen bewusst wurde, bekam diese Distanz während der warmen Nachmittagsstunden, die einzigen Augenblicke, in denen wir alleine waren, eine besondere Bedeutung.

»Küsst ihr euch denn nicht?«, fragte Dee oft in höchster Verwunderung.

Eigentlich glaubte sie mir nicht, als ich Nein sagte. Die Art, wie Taco und ich uns verhielten, war für sie eine Quelle des Vergnügens. Sie nannte Taco den »Ur-*Belanda*«, aber nicht in negativem Sinn. Er verkörperte den holländischen Jungen aus unseren Kinder- und Jugendbüchern, entwaffnend sowohl in seiner Ernsthaftigkeit als auch in seiner Unbeholfenheit. Aber er war in Niederländisch-Indien geboren und aufgewachsen, genau wie wir, also ebenso kein *totok*. Das zeigte sich auch in der Zwanglosigkeit, mit der er sich beim Tanzen bewegte, eine maskuline Anmut, die ihm, großgewachsen wie er war, gut stand.

Für mich hatte unsere gegenseitige Scheu jene Magie von Prüfungen, die Liebende in Mythen und Sagen durchzustehen haben, geheimnisvolle Gebote, die gleichzeitig verboten sind. Unausgesprochene Spannung beherrschte meine Gedanken. Für mich stand fest, dass Taco genauso empfand wie ich. Erst viel später habe ich begriffen, dass ich mir diesen Gleichklang nur eingebildet hatte.

Meine Eltern kannten Taco zwar, gehörten aber nicht zum engeren Freundeskreis der Tademas. Professor Tadema war ein Gelehrter von internationaler Reputation, ein durchaus freundlicher, aber nicht sehr gesprächiger Mann, den ich nur selten zu Gesicht bekam. Seine Frau hatte eine gut gehende Zahnarztpraxis. Sie waren ein ungewöhnliches Paar: beide groß und schlank, er mit Brille und langsam kahl werdend, sie, genau wie Taco, weißblond, mit hellen grauen Augen. Zuhause fing ich manchmal auf, was über ihren unkonventionellen Lebensstil so gesprochen wurde. Sie galten als äußerst fortschrittlich, waren mit einheimischen Intellektuellen befreundet, beteiligten sich aber kaum am üblichen batavischen Gesellschaftsleben. Zusammen mit einer Handvoll Akademikern bildeten sie die kulturelle Elite der Stadt. Von Taco wusste ich, dass sie großes Interesse an »moderner« Musik und Literatur hatten, zu Hause Diskussionsabende abhielten, bedeutende Niederländer empfingen und manchmal auch ausländische Wissenschaftler und Künstler, wenn diese Java besuchten.

Taco und ich lasen beide viel. Aus der Bibliothek des Kunstvereins liehen wir Prosa von Bordewijk und van Schendel, Gedichte von Roland Holst, Nijhoff und Marsman aus. Der Niederländischlehrer in der Oberstufe, der das literarische Leben aufmerksam verfolgte, eröffnete einmal – das wird 1937 gewesen sein – ein Treffen unseres Leseklubs mit der Mitteilung, dass sich einer der bedeutendsten »Jungautoren«, Edgar du Perron, in Batavia aufhielt. Taco wusste das natürlich schon, denn der Schriftsteller und seine Frau waren bei ihm zu Hause zu Gast gewesen. Kurze Zeit später zeigte er mir ein Buch, *Kindheitsland*, dass du Perron den Tademas geschenkt hatte. Als er es ausgelesen hatte, gab er es wie selbstverständlich mir. Ich war ganz seiner Meinung, dass darin die javanischen Jugendjahre einer vorigen Generation meisterhaft und für uns völlig erkennbar beschrieben wurden. Genau wie Taco interessierten mich die in Paris spielenden Kapitel nicht so sehr.

Dee bemerkte das Buch auf meinem Tisch und blätterte darin. Plötzlich lachte sie los. »*Aduh*, der Taco!« Sie zeigte mir eine Seite, an deren Rand ein senkrechter, auffälliger Bleistiftstrich gezogen war. Danach las sie die betreffende Passage, die ich noch nicht kannte, laut vor – die Schilderung einer erotischen »Untersuchung«, die der siebzehnjährige Arthur Ducroo an einem etwas älterem Nachbarsmädchen ausführte, in der Hoffnung, er bekäme endlich, zum ersten Mal, einen nackten Frauenkörper zu sehen. Dee konnte sich gar nicht beruhigen: »Was sagt man dazu, dieser Taco!« Ich hatte plötzlich den heftigen Wunsch, Taco zu verteidigen und sagte, der Strich stamme bestimmt nicht von Taco, obwohl ich das Gegenteil dachte. Aber ich wollte nicht, dass Dee ihn wegen dieser intimen Handlung auslache.

Taco und ich hatten uns einmal während einer unserer Musikproben gefragt, welche Bilder Chopin (den wir für den allergrößten Komponisten hielten) wohl vor Augen gehabt hat, als er bestimmte Melodien schrieb. Ich schlug Landschaften im Mondlicht vor. Taco meinte nach einigem Zögern, er könne sich bei den Klängen nichts Schöneres vorstellen als eine badende Nymphe.

Dee, Taco und ich hängen über der Reling am Bug der Van Outhoorn, einem in die Jahre gekommenen Schiff der *Koninklijke Paketvaart Maatschappij*, das für Exkursionen vermietet wird. Wir sind mit der ganzen Schule, zirka dreihundert Schülern, auf dem Weg durch die Sundastraße zur Vulkaninsel Krakatau.

Es geht ein starker Wind, die Gischt, die unten am Bug aufspritzt, sprüht wie salziger Regen auf uns. Krakatau kommt in

Sicht, ein kahler Kegel mit steil abgeschliffenen Seitenflächen. Wo Lavaströme hinabgeflossen sind, verlaufen dunkle Schlieren bis ins Meer hinein. Nur auf einem schmalen Streifen Strand gibt es etwas Vegetation. An der Ostküste schäumt die Brandung gegen zahlreiche Felsbrocken, die wie von der Hand eines Riesen ausgestreut daliegen. Die *Van Outhoorn* wendet und hält sich seitlich von Anak Krakatau, dem »Kind«, eine halbmondförmige versandete kleine Insel, die bei dem letzten Vulkanausbruch entstanden ist. Schweinswale springen durch die Wellen, Taco zeigt auf einen mitschwimmenden Hai.

Ich lege mein Kinn auf die Arme, bezaubert von der Silhouette des Bergs, dem Himmel und dem blaugrünen, mit Schaumstreifen durchzogenen unruhigen Meer, das bis zum Horizont ein einziges grelles Glitzern ist. Neben mir erzählt Taco von der Katastrophe vor fünfzig Jahren, als der Vulkan Feuer und glühendes Gestein ausspuckte. Die Insel brach buchstäblich in Stücke. Die im Meer versunkenen Teile verursachten turmhohe Flutwellen, die die Küstengebiete von Bantam und Südsumatra verwüsteten. Zehntausende kamen ums Leben.

Aber Krakatau ist nicht erloschen. Jedes Jahr passiert wieder etwas. ›Anak‹ ist eigentlich ein Stück des Kraters, denn obwohl unsichtbar, weil auf dem Meeresgrund, ist der Vulkan noch aktiv.

Dass im Herzen des versunkenen Vulkans die Lava so tief unter den Wogen weiterglüht, lässt Dee einfach nicht los. Sie tippt mich an. »Hör doch, er erlischt nicht!« In einem Ton, als würde sie das Ereignis herbeisehnen, sagt sie: »Wenn die Lava noch glüht, kann er auch wieder ausbrechen, oder etwa nicht?« Tacos Geschichte beschwört in mir das Bild eines Tsunamis herauf, wie auf dem japanischen Stich, der bei uns zu Hause hängt. Die Riesenwelle richtet sich im Ozean auf wie ein Monster mit unzähligen Klauen aus sich bizarr kräuselndem Schaum.

Diese Bedrohung haftet mir im Gedächtnis. Manchmal träume ich davon. In diesen Träumen gibt es einen Zusammenhang zwischen der Flutwelle und Taco und Dee, an den ich mich jedes Mal nach dem Aufwachen nicht mehr erinnern kann.

Als die geschäftlichen und kulturellen Kontakte zwischen Indonesien und den Niederlanden wieder aufgenommen wurden, sprach mich 1967 eine Gruppe engagierter Unternehmer an, die, so war ihr zunächst nur auf dem Papier existierender Plan, in Jakarta die Restauration einiger interessanter Gebäude aus dem achtzehnten Jahrhundert finanzieren wollten. Ich habe die Einladung zur Teilnahme an ersten Gesprächen sofort angenommen. Ich wollte damals einen Besuch auf Java nutzen, um für die Studie, die ich gerade schrieb, wieder – nach zwanzig Jahren! – zu den Boroboedoer- und Prambanantempeln zu reisen, und natürlich auch, um Non zu besuchen. Pakembangan war zu einer Genossenschaftsgärtnerei geworden. Dort arbeitete Non unter dem Namen Ibu Sjarifa. Ich hoffte, mit ihrer Hilfe Dee zu finden, von der ich keine Adresse hatte.

Haus Muntingh war vom Erdboden verschwunden. Während der japanischen Besatzung wurde es offenbar als Lager genutzt, und danach haben die Bewohner des Viertels alles, was an Holz und Stein noch zu gebrauchen war, von dem hoffnungslos verfallenen Haus abgetragen. Dort, wo es gestanden hatte, wuchs jetzt der neue Müllplatz des nie sanierten Elendsviertels der Unterstadt.

Ich habe versucht, anhand von Fotos der Batavischen Gesellschaft für Künste und Wissenschaft aus dem Jahr 1908 und aufgrund der Erinnerungen an meinen Besuch zusammen mit Non, das Schnitzwerk der Oberlichter im Vorderhaus und die Ornamente in den Türfüllungen zu rekonstruieren. In der Truhe liegen noch meine maßstabsgetreuen Zeichnungen. Zwanzig Jahre später haben indonesische Handwerker für das restaurierte Rathaus von diesen Ornamenten meisterliche Kopien aus *djati*-Holz geschnitzt, chinesischrot angemalt und mit Blattgold besetzt.

Nur mit größter Mühe erhielt Taco von den indonesischen Behörden die Genehmigung, auf den Molukken nach Überresten von Faktoreien und Befestigungsanlagen aus der ersten Zeit der VOC zu forschen. Die innenpolitischen Spannungen nach dem Putschversuch 1965 führten überall zu Argwohn und Unwillen, wodurch es andauernd zu Verspätungen kam.

Mit zeitraubenden und unregelmäßigen Schiffs- und Flugverbindungen hat Taco sich von Jakarta auf den Weg zu den Inseln in der Bandasee gemacht. Ich war beunruhigt, denn die Sicherheit war in diesem Gebiet nicht garantiert, doch Taco wollte es riskieren, jetzt, da er endlich die Chance bekam. Wir verabredeten, die Rückreise in die Niederlande unabhängig voneinander anzutreten.

Hätte ich mich doch nur nicht auf diese vagen Restaurationspläne eingelassen. Wäre Taco doch bloß nicht so von der Bedeutung dieser Ruinen für seine Reael-Studie überzeugt gewesen.

Erst als das Auto in den Zugangsweg nach Pakembangan einbiegt – die »Auffahrt«, wie Frau Mijers immer betonte – und an den beiden Reihen hoher Kanaribäume entlangfährt, wird mir bewusst, dass ich hier noch nie gewesen bin. Dank Frau Mijers' Fotoalbum hatte ich immer das Gefühl, Landgut und Haus so zu kennen, als wäre ich dort geboren und aufgewachsen. Was ich jetzt sehe, ist anders als meine Vorstellung.

Ich erkenne natürlich das äußere Erscheinungsbild der *besaran* mit dem breiten, flach abfallenden Dach, gestützt von einer Reihe ziemlich plumper Säulen, doch die ehemaligen Pavillons zu beiden Seiten hat man durch Schuppen ersetzt – oder dazu umgebaut. Der Rasen vor dem Haus ist nur noch ungepflegtes Gestrüpp, bis auf eine mit Kies aufgeschüttete Fläche, auf der Autos parken: ein alter Jeep, ein paar schäbige Lieferwagen. Die Verandatüren sind alle geschlossen. Ich höre Stimmen und gehe hinüber zum linken Schuppen. Überall stehen Eimer und Kübel voller Schnittblumen: Gladiolen, Gerbera, Lilien und die Spezialität der Gärtnerei: alle erdenklichen Sorten von Orchideen, als Topfpflanzen oder einzelne Stiele, die zu Blumensträußen gebunden werden können. An einem Tisch stehen ein paar Leute und arrangieren Körbe. Als ich nach Ibu Sjarifa frage, läuft sofort jemand zum Hauptgebäude hinüber. Was einmal die hintere Veranda gewesen sein muss, ist jetzt ein Holzverschlag. »*Kantor Bunga Anggrek*« steht auf einem mit bunten Blumen bemalten Schild am Giebel. Eine Tür geht auf, aus dem Haus tritt eine Frau. Es ist Non, sie trägt einen *sarong kabaja* und ein Kopftuch.

Als sie mich sieht, bleibt sie stehen und legt die zusammengefalteten Hände ans Gesicht. »Oh, Toet! Herma«, flüstert sie.

Ich umarme sie. Ich weiß nicht, was ich sagen soll, sie ist in den vergangenen fünfzehn Jahren sehr gealtert. Unter dem verrutschten Tuch trägt sie das fast graue Haar in einem strengen kleinen Knoten.

»Komm, wir gehen in meine Hütte, ja?«

Diesen starken Akzent hatte sie früher nicht. Sie nimmt meine Hand und führt mich hinters Haus und durch den Garten, vorbei an Blumenbeeten und Schutzdächern aus Bambuslatten, unter denen Orchideen an Gestellen hängen. Wir kommen zu einem von einer Hecke verborgenen viereckigen Haus, das ich noch von den alten Fotos als die Bleibe des Pakembangan-Nachtwächters erkenne. Es besteht aus einem Zimmer, nicht größer als eine Zelle, und einer schmalen Veranda. Draußen befinden sich ein Brunnen und ein Verschlag mit einer Kochstelle.

Sie bejaht meine Frage, ob sie hier wohne, und erklärt mir, sie brauche nicht viel. Neben der Arbeit in der Gärtnerei, die sie immer noch erfüllt, sehnt sie sich nur nach Ruhe zum Meditieren und Beten.

«Ich bin jetzt Muslima, weißt du«, fügt sie hinzu, während sie das Tuch über Kopf und Schultern zurechtzieht. »Deshalb nenne ich mich jetzt auch Sjarifa, das heißt, ›vom Propheten auserwählt‹.«

Sie zeigt mir zwischen den Bäumen eine Kuppel, die von weitem aussieht, als wäre sie aus Aluminium, und einen schmalen Turm: die kleine Moschee von Pakembangan. Sie spart für eine Pilgerreise nach Mekka. Der Hadschi (sie sieht mich forschend an und wiederholt dann das Wort mit Nachdruck), der Hadschi lenkt ihr Leben. Sie weiß nun, dass er der geistige Führer einer *sarekat*, einer mystischen Bruderschaft, gewesen ist. Durch spezielle Übungen, das endlose Wiederholen bestimmter heiliger Texte, erreichten seine Anhänger einen Zustand der Ekstase. Das ist auch ihr Ziel. Früher ist er ihr erschienen, um sie zum wahren Glauben zu führen. »Allah Akbar!«, murmelt sie und erhebt kurz die Hände, die Innenflächen nach oben.

»Wenn du nach Mekka fährst, wirst du selbst eine Hadsch«, sage ich lachend in der Hoffnung, die Atmosphäre zu entspannen. Ihr etwas exaltiertes Verhalten beunruhigt mich. Da ich ihren Unmut bemerke, wechsle ich das Thema.

»Deine Blumen, Non! Die Hybriden der weißen *Larat* und eine Tigerorchidee! Du hast immer gesagt, es würde bestimmt fünfzehn Jahre dauern, bis dir eine hübsche Kreuzung gelingt. Und, hat's geklappt?«

»*Gagal*, schiefgegangen«, sagt sie schroff.

Während meines Aufenthalts in Jakarta traf ich Non mehrmals. Sie wollte nicht in die Stadt, also fuhr ich nach Pakembangan. Ich konnte mich nur schwerlich an ihr neues Leben als fromme Muslima gewöhnen. Den Namen Sjarifa bekam ich nicht über die Lippen. Wenn ich bei ihr war, spazierten wir ein wenig auf dem Grundstück der Gärtnerei umher oder gingen durch den übrig gebliebenen Teil des immens großen Gartens, der früher zum *besaran* gehört hat. Von der von Frau Mijers so oft gepriesenen Grasterrasse, nun ein Feld voller Unkraut, genossen wir die Aussicht auf den Salak und den Gedeh-Panggrango in der Ferne. Über das Vorkriegs-Batavia, Frau Mijers und ihr Haus, Boedi und Neng, die schon vor Jahren gestorben waren, sprachen wir nicht, es schien, als würde das alles keine Rolle mehr spielen. Sie redete hauptsächlich über ihre religiösen Erfahrungen, den Kontakt zu einer Gruppe von Glaubensgenossen, die mit Meditation die Harmonie zwischen Körper und Geist anstrebte, und über ihre geplante Pilgerreise nach Mekka. Trotz ihrer Abneigung, auf meine Fragen einzugehen, brachte ich Dee immer wieder zur Sprache. Aus dem, was sie erwähnte, schloss ich, dass Dee, seit jeher durch ihre Schönheit und Offenheit auffallend, während des Sukarno-Regimes aktiv an der Propaganda des Nasakom beteiligt war, jenes vom Präsidenten eingeführte Konzept des »nationalen« Kommunismus. Sie hatte sich damit viele Feinde unter den Regimekritikern gemacht. Nach dem berüchtigten Staatsstreich 1965, als Suharto an die Macht kam, war Dee während der Säuberungsaktionen nur knapp dem Tod entkommen, dank des diplomatischem Schutzes durch die Polen, mit denen sie in Kontakt stand, seit sie sich Wychinska nannte. Non hatte sie beschworen, fortan im Hintergrund zu bleiben, aber in einer Anwandlung von Solidarität mit einigen von Frau Mijers' früheren chinesischen Geschäftspartnern (möglicherweise sehr weit entfernte Blutsverwandte aus den Tagen der Muntinghs) war Dee, oder Mila, wie sie genannt werden wollte, so unvorsichtig gewesen, für diese Menschen einzutreten, als wieder einmal mit voller Wucht Hass gegen die *tjong hoas* aufloderte, die grundlos verdächtigt wurden, mit Peking zu sympathisieren.

Das werde ich Moorland berichten, denn daraus wird ersichtlich, wie spontan Dee immer Partei für diejenigen ergriffen hat, die ihrer Meinung nach diskriminiert wurden.

Nach den erneuten Ausbrüchen von Mord, Totschlag und Plünderungen, und dem unausrottbaren Argwohn sogar gegen die in Indonesien geborenen und aufgewachsenen Chinesen, die *peranakans*, war Dee untergetaucht. Non wusste nicht, wo sie war und wollte es auch nicht wissen. Sie warnte mich eindringlich, falls Dee sich mit mir in Verbindung setzen sollte. Dee sei verwegen, falsch und – das Allerschlimmste – ungläubig.

»Ungläubig bin ich auch«, sagte ich. Nons hartes Urteil über Dee schmerzte mich, auch wenn ich selbst schon lange nicht mehr wusste, was ich über sie denken sollte.

Non fixierte mich mit aufgerissenen Augen, als wolle sie Druck auf mich ausüben: »Aber du hast den Hadschi gesehen.«

»Und was bedeutet das, was bedeutet das?«, fragte ich, aber genau wie bei früheren Gelegenheiten, konnte oder wollte sie darauf nicht antworten. Meine Bemerkung, dass meines Wissens der orthodoxe Islam (dem sie, wie sie behauptete, angehörte) den Glauben an Geistererscheinungen verbot, parierte sie mit dem Einwurf, zumindest auf Java würde mystische Religionsausübung allgemein akzeptiert, weil sie die Bekenner ja gerade zu besseren Muslimen machte.

Auf unseren Spaziergängen nahm sie mich auch regelmäßig zu dem an Pakembangan grenzenden *desa* mit, in dem die meisten Arbeiter der Gärtnerei wohnten. Sie führte mich an der kleinen Moschee mit ihrem Türmchen und der zwiebelförmigen Kuppel vorbei. Genau solche *missigit*-Dächer im Miniformat sah ich auch vom Bus oder Taxi aus in anderen Dörfern, manchmal lagen ganze Baupakete am Straßenrand, die dann zu einem Ort ohne Gotteshaus transportiert wurden.

Als ich mich von Non verabschiedete, bevor ich nach Zentral
Java aufbrach, stellte ich ihr die Frage, die mich sehr beschäftigte:
Wieso meinte sie, Dee wäre falsch. Es war ein regnerischer Tag,
wir saßen im Nachtwächterhaus, Non auf ihrer schmalen Schlafbank, ich auf dem einzigen bequemen Rattanstuhl. Diesmal antwortete sie direkter, wenn auch langsam, Satz für Satz, mit vielen Pausen. Wozu Dee sich den einen Tag bekannte, verwarf
sie gleich am nächsten. Sie wollte Polin sein, aber nicht in Polen wohnen, einmal hier leben, dann wieder anderswo, in Jakarta oder Singapur und sogar Bangkok. Wie sah ihr Leben aus, was
tat sie? Non befürchtete, dass Dee keine »unberührte« Frau war,
manchmal kamen ihr die Gerüchte über Dee in den Sinn, aus
der japanischen Zeit, auf die sie nicht näher eingehen wollte. Das
Schlimmste aber war für sie, dass Dee das Grundprinzip ihres
Geburtslands, wie es in der *pantjasila* festgeschrieben war – den
Glauben an einen einzigen allmächtigen Gott – nicht anerkannte und ihr Leben deshalb keine Richtschnur besaß. Ihre ganze
Aufmerksamkeit richtete sie auf weltliche Dinge, die stets wechselnden, trügerischen Aspekte von Gesellschaft und Mensch, vor
allem der Politik, und in dieser Hinsicht – versicherte mir Non
schnell – unterschied ich mich von Dee, obwohl auch ich mich
eine Ungläubige nannte. Immerhin würde ich das Übersinnliche,
Immaterielle und die geheimen Kräfte der Natur sehen.

Trotz Nons ungewohnter Mitteilsamkeit verstärkte sich mein
Eindruck, dass sie mir etwas Wichtiges verschwieg.

Sie brachte mich bis zum Tor, wo der Bus zur Stadt abfuhr. Auf
halbem Weg der Auffahrt zeigte sie auf ein paar von Sträuchern
überwucherte Steine. Dort hat während der *bersiap*-Zeit eine Jugendbande aus der Umgebung den früheren Besitzer (»Du weißt

schon wer«) buchstäblich in Stücke gehackt, als er so unvorsichtig war, zum Anwesen zurück zu kommen. Hier lag er auch begraben, an der Stelle, an der kein Mensch seine Leiche suchen würde. Ich fragte, ob dieses grausame Ende sein *tjelaka* gewesen wäre, sein Verhängnis, das sie einmal vorausgesehen hatte. Non nickte. Es hatte lange gedauert, aber das Schicksal hat Louises Mörder eingeholt, es war Fügung, *pasrah*.

Sie winkte nicht, als der Bus abfuhr, blieb nur am Tor stehen. Aber ich tat es, bis ich sie nicht mehr sehen konnte.

Mein Besuch des Boroboedoer erschien mir wie ein Einschnitt, auch wenn ich damals noch nicht begriff, welche Lebensphase ich hinter mir ließ und welche vor mir lag. Wie baufällig und verschmutzt sie auch waren, die Gänge mit ihren prachtvollen Reliefs waren für mich eine Offenbarung, unendlich viel eindrucksvoller als das skulpturale Riesenbilderbuch, das ich als Achtzehnjährige darin gesehen hatte, als mich meine Eltern in den Ferien zu diesem »Wunder der Fürstentümer« mitgenommen hatten. Ich wandelte inmitten von Göttern und Nymphen, Königen, Zwergen, Höflingen, Tänzern, Dienern, ergeben hockenden Untertanen und freundlichen Tieren, Affen, Elefanten und Vögeln umher, ganz versunken in den Anblick dieser unvergleichlichen Kunstwerke. Ich berührte *makaras* und eine Fülle von steinernen Blumen und Blättern.

Am Ende ruhte ich mich auf der höchstgelegenen Terrasse bei den in ihren Nischen meditierenden Buddhas unter den ajourdurchbrochenen Kuppeln aus. Die Berge, die die Ebene von Kedu umgaben, und das vom Wind bewegte Laubwerk am Fuße der Tempelanlage nahmen im Nachmittagslicht tiefere Farben und schärfere Konturen an.

Zuhause, in den Niederlanden, fing dann das lange Warten an. Auch das letzte geplante Datum für Tacos Rückkehr verstrich.

Kein Brief, kein Telegramm, kein Telefonat. Ich nahm Kontakt mit der Botschaft in Jakarta auf und dort zog man die indonesischen Behörden hinzu. Schließlich sagte man mir, Taco sei auf Banda Neira, Banda Besar und Pulau Ai gewesen, aber nach zwei Wochen wieder abgereist. In der *losmen* auf Ternate, in der er einige Tage gewohnt hatte, wusste man nur, dass er sich über Verbindungen nach Halmahera informiert hatte. Danach verlor sich jede Spur.

Er wurde als vermisst gemeldet.

Wie habe ich diese Zeit, dreihundertneunundsiebzig Tage und Nächte, länger als ein Jahr, überstanden? Ich glaube, dank meiner festen Arbeitstermine, die ich nicht ohne weiteres absagen konnte, ohne andere in Schwierigkeiten zu bringen, und anderer Verpflichtungen, die mir halfen, mich zu konzentrieren. Ich stand mit vielen Institutionen, die man mir empfohlen hatte, in Kontakt, mit möglichen Beratern und Informanten. Nachdem endlich, unter anderem dank Interpol und dem Roten Kreuz, eine Spur zu den südlichen Philippinen führte, dauerte es noch Monate, bis der Aufenthaltsort der Geiseln entdeckt und Taco befreit werden konnte. Er wollte nicht, dass ich nach Manila ins Krankenhaus kam, wo man ihn hingebracht hatte, bat mich aber, so schnell wie möglich seinen Transport in die Niederlande zu regeln.

Sehr geehrte Frau Warner,

die zusätzlichen Informationen, die Sie mir geschickt
haben, finde ich äußerst wichtig. Dass Dee Mijers (die
ich auch weiterhin lieber Mila Wychinska nenne) den
Mut hatte, in Jakarta, während der antichinesischen
Ausschreitungen für die *peranakans* einzutreten, passt
genau zu dem mir vorliegenden Material.

Sie kennen ja die problematische Situation der Chinesen in Indonesien, die seit Jahrhunderten als (zumeist
gut ausgebildete) Arbeitskräfte, Händler, Geldgeber und
später auch Bankiers eine entscheidende Rolle für die
Wirtschaft des Landes spielen und die wegen ihres Ge-
schäftssinns, dem Ehrgeiz und ihrer „Netzwerke" immer
wieder zur Zielscheibe des Volkszorns werden. Wie über-
aus präsent sie im indonesischen Großstadtleben sind,
wissen Sie natürlich besser als ich.

Den Statistiken zufolge wurden während des Sukarno-
Regimes mehr als eine Million Chinesen in Indonesien
eingebürgert, aber bestimmt genauso viele blieben
staatenlos und ein paar Hunderttausende besaßen einen
Pass der Volksrepublik China. Wie Sie selbst schreiben,
wurden 1965, nach dem gescheiterten Staatsstreich, alle
tjong hoas verdächtigt, gemeinsame Sache mit Peking zu
machen. Nach den Gewalttaten und den Plünderungen wurden drastische Maßnahmen getroffen - natürlich alle
zum Nachteil der *peranakans*: Chinesische Namen wurden
in indonesische umgewandelt, chinesische Schriftzeichen
auf Reklameschildern und Druckerzeugnissen verboten,

123

chinesische Schulen geschlossen und die chinesische
Sprache in der Öffentlichkeit nicht länger geduldet.
Es sind verschiedene Gründe denkbar, weshalb Mila
Wychinska sich auf die Seite derer gestellt hat, die
von Suhartos Partei der Neuen Ordnung zu Sündenbö-
cken abgestempelt wurden. Aber ehrlich gesagt, scheint
es mir nach allem, was Sie mir über den Bruch zwischen
Dee und ihrer Großmutter Mijers 1942 geschildert haben,
nicht sehr wahrscheinlich, dass sie aus Solidarität mit
möglichen chinesischen Verwandten des inzwischen aus-
gestorbenen Muntingh-Geschlechts gehandelt hat! Mit ihrem neuen Namen hatte sie doch schon deutlich gemacht,
sich nicht mehr als Familienmitglied zu betrachten.

Ich glaube eher an eine politische Motivation unter
dem Einfluss der Polen, mit denen sie in den Jahren
vor 1965 ja in Verbindung gestanden hat. Wenn der stets
nationalistisch denkende Sukarno sich mit diesen Leuten eingelassen hat, hingen sie vermutlich der damals
neuen, etwas gemäßigteren Strömung Gomulkas an. Milas
Nachname muss den Polen wie Musik in den Ohren geklun-
gen haben, weil er, wenn auch anders buchstabiert, so
klang wie der Name von Gomulkas einflussreichem Mitstreiter Kardinal Wyszynski. Deshalb vielleicht die
Gefälligkeit mit dem polnischen Pass!? Ich bin mir jedoch nicht sicher, ob sie dieses Dokument tatsächlich
jemals besessen hat.

In der kurzen Liste mit Ereignissen aus Ihrem Leben
und dem Ihres Mannes, die Sie mir vor ein paar Wochen
geschickt haben, geben Sie an, 1964, also drei Jahre

bevor Sie in Jakarta Non Mijers aufgesucht haben, Mila Wychinska zufällig in Paris begegnet zu sein. Leider schreiben Sie darüber nichts weiter.

Ich bleibe offen für alles, was Ihnen noch einfallen mag!

Mit herzlichen Grüßen
Bart Moorland

1964 BEGLEITETE ICH TACO nach Paris, wo er einige abschlie-
ßende Gespräche für die Herausgabe einer historischen Enzyklopädie führen musste. Er war für die Redaktion der niederländischen Beiträge verantwortlich. Die Sitzungen dauerten nie länger
als zwei Tage. Diesmal aber ergab sich die Gelegenheit, daraus
einen Kurzurlaub zu machen, denn an das letzte Treffen schloss
sich ein Wochenende an. Wir wollten Spaziergänge machen, hatten Karten für die Comédie-Française besorgt und es gab ein paar
Ausstellungen, die ich mir gerne ansehen wollte.

Ich wartete mit Kaffee und einer Zeitung in einem Straßen-
café auf Taco. Die Sitzung zog sich offenbar in die Länge, aber
ich langweilte mich nicht, gefangen im Stimmengewirr der ersten Gäste für das Mittagessen und immer wieder von Neuem ge-
fesselt von den Passanten auf dem Trottoir des Boulevard Saint-
Germain. Als ich Taco kommen sah, konnte ich meinen Augen
kaum trauen. Neben ihm ging eine Frau, und diese Frau war Dee.

Ich hob die Hand, Taco winkte zurück. Dee grüßte nicht, sondern schaute mich, während sie näherkam, mit einem Blick an,
den ich so gut von ihr kannte, eine Spur Herausforderung lag darin. Sie war es und doch war sie es nicht. Sie trug die modische
Tracht vieler Pariserinnen jener Zeit, ein kurzes, enganliegendes
schwarzes Kleid und Lackstiefel.

»Sieh nur, wen ich hier auf der Straße aufgelesen habe!«, rief
Taco.

Es war über zehn Jahre her, seit Dee und ich uns zum letzten Mal, auf der Veranda meines Hotelzimmers in Jakarta, gesehen hatten. Non schrieb mir unregelmäßig und in meinen Antwortbriefen ließ ich Dee (über die Non kein Wort verlor) immer grüßen, aber von Dee selbst hatte ich nie etwas gehört.

Wir aßen zu dritt in einer ruhigen Ecke hinten in der Brasserie, wo halbhohe Trennwände eine intime Atmosphäre schufen. Taco hielt das Gespräch in Gang, zu meinem Erstaunen in einem Ton, als wären wir noch Schulkinder in Batavia. Dee nahm kaum einen Bissen zu sich, zerkrümelte ein Stückchen Baguette und sah immer wieder mit ihrem kühlen, prüfenden Blick, der mich verwirrte, da kein Funken Vertrautheit darin lag, zu mir. Äußerlich hatte sie sich kaum verändert. Ich wusste, ich sah älter aus, hatte feine Falten um die Augen und vereinzelt schon ein paar graue Haare. Dees Haut war genauso makellos wie früher und der grünliche Glanz ihrer Augen in ihrem matt getönten schönen Gesicht intensiver denn je.

Taco hatte sie vor dem Buchladen der Presses Universitaires de France stehen sehen und sie, wie er sagte, an Ort und Stelle »eingefangen«. Auf meine Frage, wieso sie in Paris war, blieben ihre Antworten oberflächlich: Sie hatte so etwas Ähnliches wie ein Stipendium bekommen, um sich in Europa zu orientieren, der ihr unbekannten Welt, wo doch ein wichtiger Teil ihrer Wurzeln lag. Sie hatte auch Polen und Ostdeutschland besucht. Doch Europa lockte sie nicht, sie war eher international eingestellt, mit einer Schwäche für Südostasien, gerade jetzt, wegen Vietnam, Brennpunkt des Weltgeschehens. Was sie in Zukunft tun würde, wusste sie noch nicht. Sie hatte daran gedacht, in den diplomatischen Dienst zu treten, aber bei näherer Betrachtung war sie davon abgekommen, weil die Dinge, um die es wirklich ging, dort nicht zur Sprache kommen würden.

Taco hatte Dee offenbar während des kurzen Spaziergangs vom PUF-Buchladen zum Café de Cluny über unser Leben und unsere Arbeit unterrichtet, denn sie schien bereits alles darüber zu wissen.

Ich erinnere mich noch, wie erstaunt ich war, dass für die beiden scheinbar die Zeit stehengeblieben war. Sie redeten miteinander in derselben leicht neckischen, lässigen Verbundenheit wie früher. Auch ich hätte gegenüber Dee gerne meinen alten Ton angeschlagen, aber ich konnte nicht.

Da Dee eine Verabredung hatte, verließ sie uns noch vor dem Dessert. Taco begleitete sie bis zum Ausgang. Dort drehte sie sich kurz zu mir um. Wir trafen sie in diesen Tagen nicht mehr.

Ich fand es schade, dass sie so wenig über sich erzählt hatte. Taco reagierte lakonisch, mit einem Lachen. »Dee ist frei wie ein Vogel. Vivere pericolosamente! Gefährlich leben!«, sagte er und erinnerte mich an den Slogan, mit dem Sukarno vor gar nicht allzu langer Zeit seine aggressive Politik gegen Malaysia, den Neokolonialismus und dem Neoimperialismus propagiert hatte. Dee liebte das Abenteuer und würde sich mit ihren polnischen Beziehungen schon zurechtfinden.

Während ich dies schreibe, merke ich, dass sich Moorland natürlich dafür interessieren dürfte.

Auf diese Begegnung zurückblickend erinnere ich mich nun an den Widerwillen, der mich in den nächsten Tagen nicht mehr losließ. Irgendetwas zwang mich dazu, immer wieder über Dee zu reden. Es störte mich, als Taco sagte, wie hübsch er sie finden würde, »la femme en fleur«, eine Frau in voller Blüte, auch wenn ich ganz seiner Meinung war und Dee für ihre mondäne Ausstrahlung und das selbstbewusste Auftreten bewunderte. »Blüte weckt Neid?«, fragte ich mich in einem Augenblick »Reaelistischer«* Erkenntnis. Ich musste über mich selbst lachen und schämte mich wegen meiner übertriebenen Reaktion auf Tacos Komplimente, die er wie früher auch locker und leicht ironisch an Dees Adresse gerichtet hat.

Sehr geehrte Frau Warner,

die Fragen, die Sie mir stellen, habe ich eigentlich schon früher erwartet. Es hat mich ziemlich erstaunt, dass Sie nicht etwas neugieriger auf meine Nachforschungen über Ihre Jugendfreundin waren. Sie möchten wissen, ob sie im Jahre 1967 auf den Philippinen gewesen ist. Darauf wage ich bejahend zu antworten. Wissen Sie über die damaligen Zustände dort Bescheid? Seither hat sich leider wenig geändert. Noch immer liegen Land, Kapital und Macht zum größten Teil in den Händen einer katholischen Elite, genau wie zuvor in den vier Jahrhunderten spanischer und knapp hundert Jahren amerikanischer Gewaltherrschaft. Und mehr denn je ist „Manila" (sowohl die Regierung, als auch das geistige Klima der Stadt) Synonym für Opportunismus, Korruption und organisiertes Verbrechen. Liberalisierung und Wirtschaftsreformen stehen offiziell schon seit Jahrzehnten auf dem Programm, aber alle Versuche, sie auch umzusetzen, scheitern immer wieder an dem unbeschreiblichen Tauziehen und gegenseitigen Ausbooten der involvierten Parteien. Es gibt eine aktive, zumeist gewaltbereite Opposition mit mehr Befreiungskämpfern, Widerstandsbewegungen und separatistischen Gruppierungen, als ich an einer Hand abzählen könnte. Sie werden in den Zeitungen bestimmt das eine oder andere über die Entführungen und Bombenanschläge von terroristischen Muslimkommandos gelesen haben. 1967 war das alles schon im Keim vorhanden und noch unübersichtlicher als heute.

Ich weiß, dass Mila Wychinska in den Jahren '65, '66 und '67 wiederholt auf Luzon und Mindanao gesehen wurde, als Kontaktperson von der seit 1961 aktiven Amnesty International. In diesem Zusammenhang bin ich auf den Namen eines damals als Autor, Buch- und Kunsthändler sehr bekannten philippinischen Nationalisten gestoßen. Er lebt nicht mehr, aber zwei seiner früheren Mitarbeiter haben auf mein Schreiben reagiert. Sie erinnerten sich an die Englisch sprechende Frau mit osteuropäischem Namen als eine geschätzte Vermittlerin, jedenfalls eine bestimmte Zeit lang. Irgendwann hat sie allerdings Misstrauen erregt und Verwirrung gestiftet, weil sie scheinbar sowohl mit den kommunistischen Untergrundbewegungen in Malaysia in Verbindung gestanden hat, als auch mit Piraten und Schmugglern auf den Sulu-Inseln im südlichen Teil der Philippinen.

Frau Warner, gerade derartige Widersprüche motivieren mich zu meinen Nachforschungen über Mila Wychinska.

Allmählich wird mir klar, dass Sie nach Ihrer Jugendzeit auf Java nur noch selten mit Dee Mijers zu tun hatten. Aber alles ist für mich wichtig, auch die Dinge, die Sie nur vom Hörensagen kennen.

Vor allem aber interessieren mich Ihre eigenen Vermutungen.

Mit herzlichen Grüßen
Bart Moorland

1973 MACHTE NON ihren Hadsch. Sie schickte mir eine Ansichtskarte aus Dschidda, wo die Schiffe mit den Pilgern ankommen und abfahren. Die Karte liegt in meiner Ebenholztruhe. Mir wurden die Torturen bewusst, die fromme Muslime voller Hingabe durchstehen müssen. Andauernd, bis zum Ersticken beklommen, in einer dicht gedrängten Menschenmenge rundum die Kaaba, den Heiligen Stein im Herzen von Mekka, mitgezerrt zu werden. Endloses Warten auf den Zutritt zu den rituellen Waschungen, auf das Austeilen von Trinkwasser, auf die Ankunft eines Transportmittels. Keinen anderen Ort zum Ausruhen als das riesige, schattenlose Zeltlager in der Wüstenhitze, der glühende Wind. Die obligatorischen kilometerlangen Touren, vorzugsweise zu Fuß, auf den Spuren des Propheten, zu den geweihten Orten außerhalb Mekkas, um dort zu beten, zu meditieren, und ein paar Säulen, die das Böse symbolisieren, mit Steinen zu bewerfen.

Ich versuchte, mir Non in ihrer vorgeschriebenen Pilgertracht aus weißen, ungesäumten Tüchern vorzustellen. In Gedanken sah ich sie in der Menge stehen, bei ihrer Ankunft auf dem heiligen Boden unaufhörlich die Invokation murmelnd, die sie in ihrer ordentlichen Ursulinenhandschrift auf die Ansichtskarte aus Dschidda geschrieben hatte, unter, wie ich vermute, denselben Text in arabischen Schriftzeichen: »Hier also stehe ich vor Deinem Angesicht, oh mein Gott, hier stehe ich also!«

Lag es an dieser Karte oder habe ich mich von einem Artikel im

National Geographic Magazine von den Fotos der kahlen ockerfarbenen Felsen und heißen Sandebenen in »Allahs Garten« beeinflussen lassen? Da ich mich nun dazu zwinge, all das Vergangene, das ich vergessen wollte, wieder in mein Bewusstsein zurückzuholen, erinnere ich mich, dass ich damals nachts oft mit dem Gefühl aus dem Schlaf aufschreckte, als würde ich von kräftigen Händen niedergedrückt und im glühenden Sand erstickt. Ich brachte diese lähmende Beklemmung mit meiner Angst um Taco in Verbindung, schließlich wusste ich schon, dass ich ihn verlieren würde, er eigentlich bereits ein Sterbender war.

Erst Monate nach seinem Tod wurde mir bewusst, dass ich nie wieder etwas von Non gehört hatte. Ich habe wiederholt nach Pakembangan geschrieben, erhielt aber keine Antwort. *Sudah*, vergiss es, dachte ich schließlich, das alte Band ist gerissen, wir führen solch unterschiedliche Leben.

Was der eine verspätete Kondolenzbrief, fast ein Jahr nach Tacos Begräbnis, in mir ausgelöst hat, kann ich immer noch nicht in Worte fassen. Es bleibt ein bitterer Fleck in meinem Bewusstsein. Nicht nur wegen des Inhalts der so unerwarteten Mitteilung. Das Unerträgliche ist meine Ungewissheit. Ich weiß nichts. Warum hat Taco über Dinge geschwiegen, die für unsere Beziehung derart entscheidend gewesen sind?

Der Brief kam aus Amerika, abgeschickt vom Campus einer kleinen Universität irgendwo im Staate Utah. Der Verfasser, wahrscheinlich ein dort beschäftigter Dozent, auf jeden Fall ein Wissenschaftler, hatte durch einen Bericht in einer historischen Fachzeitschrift von Tacos Tod erfahren. Wegen eines längeren Aufenthalts in Südamerika hätte ihn die Neuigkeit nicht eher erreicht, außerdem hätte er noch die Adresse ausfindig machen müssen. Obwohl reichlich spät, wollte er doch sein tiefempfundenes Mitgefühl bekunden, und »dear Mrs. Tadema« beteuern, dass die zufällige und außergewöhnliche Begegnung mit Ihrem Ehemann 1967 auf der Insel Morotai für immer zu seinen besten Erinnerungen zählen werden, schon allein wegen der ähnlichen Auffassungen und wissenschaftlichen Interessen, vor allem aber wegen des gleichen Sinns für Humor. Oft habe er noch an die Gespräche am Strand gedacht, bei Mondschein, an die Schnorcheltouren, vorbei an prachtvollen Korallengärten und an den Wracks japanischer Kriegsschiffe, die seine Landsleute während der Aktionen unter *MacArthur* versenkt hatten! Es tat ihm furchtbar leid, dass er seinen Aufenthalt auf dieser idyllischen nördlichsten Molukkeninsel nicht habe verlängern können, um so in die Gelegenheit zu kommen, Sie persönlich kennenzulernen, »you, dear Mrs. Tadema, ›Day‹, if I may call you by that name«, über die er so viel gehört hätte und deren Ankunft auf Morotai sich »Tay« damals so herbeigesehnt hat. Ja, sie waren D. und T. für mich, und füreinander.

Mir blieben nichts als Fragen, die ich in den vergangenen Jahren immer wieder in Gedanken hin und hergedreht habe. Waren sie ein Liebespaar? Schon 1940, als Taco nach Java zurückgekehrt war? Haben sie sich 1952 hinter meinem Rücken wieder getroffen, in Jakarta und Bandoeng? Dee wusste natürlich von Non, dass wir kommen würden. Trafen sie sich in Paris, 1962 und '63 und all die anderen Male, die Taco wegen der Sitzungen für die historische Enzyklopädie dort war? 1967 waren sie zusammen auf Morotai, zum Abschluss seiner Reise zu den Banda-Inseln. Kam Dee von den Philippinen dorthin? Hatten sie Streit? Meinte sie, er solle sich zwischen mir und ihr entscheiden, hat sie Tacos »Unentschlossenheit« nicht akzeptieren können, genauso wenig wie ich, wenn ich alles gewusst hätte? War ihr bekannt, dass er vermisst wurde, wusste sie von seiner Geiselnahme, war sie womöglich an seiner Befreiung beteiligt? Was hatte sie, das ich ihm nicht geben konnte? »The way you haunt my dreams«?

War Taco schon damals in der Schule von ihrer Schönheit verzaubert, ihrer sinnlichen Ausstrahlung, die ich sehr wohl gesehen, aber nie als Gefahr empfunden hatte? Ich war gar nicht auf die Idee gekommen, eifersüchtig zu sein.

Aber war sie das vielleicht auf mich? Fühlte sie sich begehrt, aber nicht respektiert, unterstellte sie Taco jene Geringschätzung, die sie als Mädchen manchmal so schmerzhaft von *totok*-Männern erfahren hatte? Sie glaubte ja auch nicht wirklich an meine Freundschaft.

Kannte Non die Wahrheit und war das der Grund, weshalb sie manchmal so unerklärlich widerwillig über Dee sprach?

1976. Es ist unmöglich, zu Fuß durch Jakarta zu gehen. Für jeden Ausflug nehme ich ein Taxi. In einem *betjak* traue ich mich nicht mehr in die Innenstadt. Die Hitze ist unerträglich, eine feuchte, speckige, durch keinen Windhauch bewegte Luftschicht hängt über der Stadt. Im Dunst der Abgase rast ein Strom hupender Autos durch die neuen Verkehrsadern.

Ich lehne in einer Ecke auf der Rückbank, zu apathisch, um mich über den Gestank aufzuregen, den Staub, den ohrenbetäubenden Lärm auf der Straße, die Hindernisse, die sogar die kürzesten Strecken in endlose Fahrten verwandeln. Sobald wir im Stau stehen, klammern sich Straßenhändler mit Zeitungen, Süßigkeiten oder Zigaretten an die Türen, die Stoßstangen. Kinder sind auch darunter, manche derart zerlumpt und schmutzig, dass ich ihnen ein paar Rupienscheine zustecken möchte, aber der Taxifahrer verbietet mir, die Fenster herunter zu lassen. Der Schweiß tropft mir von den Haaren in den Nacken und in den Ausschnitt meiner Bluse. Ich bin sechsundfünfzig Jahre und nicht mehr an das Klima gewöhnt.

Was ich während der Fahrt von der Stadt sehe, erinnert in

nichts mehr an das, was ich im verwahrlosten Jakarta von 1952 noch ansatzweise vorgefunden habe, und sogar noch 1967, in dem sich rasant ausbreitendem Ballungsgebiet mit den ersten Hochhäusern. Jetzt sind alle Straßen (außer natürlich die Alleen in den bewachten und gepflegten Vierteln, in denen hochrangige Militärs, Beamte und ausländische Diplomaten wohnen) außerhalb der zentralen Wolkenkratzer-im-Entstehen-Zone beidseitig von Grünstreifen begrenzt, die Tag und Nacht von zahllosen Menschen mit kleinen Ständen bevölkert werden, die spärlichen Habseligkeiten in Taschen und Kartons, eine dauerhafte Unterkunft für Obdachlose, Prostituierte, Bettler. Vielleicht haben diejenigen recht gehabt, die meinten, ich sollte nicht zurückkehren. Aber ich bin hier nicht als nostalgische Touristin. Ich will wissen, warum Non schweigt. Nur Non kann mir sagen, wo ich Dee finde. Doch Non ist unauffindbar.

Die Gärtnerei Pakembangan gibt es nicht mehr. Heute ist dort eine landwirtschaftliche Versuchsanstalt, die anscheinend zur Universität gehört. Meine Suche nach Non verläuft äußerst mühselig. Mit Hilfe der Botschaft habe ich Zugang zum Einwohnermeldeamt des Bezirks Slipi bekommen, mit bislang keinem anderen Resultat als die Bestätigung, dass die Gärtnerei *Bunga Anggrek* Pakembangan Konkurs gemacht hat, weil nun auf Puntjak oder in der Umgebung von Bandoeng Blumen und Pflanzen besserer Qualität gezüchtet werden.

Nach langem Warten empfängt mich ein Beamter, mit dem ich schon einmal gesprochen habe. Ich erinnere ihn an sein Versprechen, sich nach Ibu Sjarifa zu erkundigen. Mir fällt auf, dass er fahriger und wesentlich gehetzter ist als bei meinem letzten Besuch. Bestimmt hat er keine guten Neuigkeiten und es ist ihm unangenehm, dies sagen zu müssen. Ich würde doch Ibu Sjarifa meinen, die die Pilgerreise nach Mekka unternommen hat? Sie ist noch immer als Einwohnerin des Bezirks gemeldet, aber eine Adresse habe er nicht. Ob ich die Hadscha persönlich kenne? Als ich bejahe, fragt er, ob ich wüsste, dass sie als Aktivistin bei einer extremistischen Frauengruppe eine Persona non grata in der Stadt sei. Diese Gruppe habe vor Kurzem vor dem Palast am Merdekaplein mit Transparenten gegen Präsident Suhartos Ehefrau demonstriert, weil sie einige, für den Bau besserer Stadt*kampongs* bestimmte Grundstücke an Baugesellschaften verkauft hat, die dort Einkaufszentren und Luxushotels errichten wollen. Es wurden höchst beleidigende und äußerst subversive Rufe von »Korruption!« vernommen.

Ich kann es nicht glauben. Non ist achtundsiebzig, eine zerbrechliche, alte Frau. Provozierend auftreten würde sie nie, das entspricht nicht ihren religiösen Ansichten. Er schiebt mir ein Pressefoto zu. Ich sehe einige Frauen mit den eng um Kopf und Schultern gewundenen weißen, undurchsichtigen Schleiern der fundamentalistischen Muslimas. Nur ihre Gesichter sind unverhüllt. Er tippt leicht mit dem Daumen auf die Hochglanzvergrößerung in Schwarzweiß. Was ich erblicke überrumpelt mich dermaßen, dass ich meinen Schrecken und meine Überraschung nicht verbergen kann.

»Ibu Sjarifa ist nicht dabei«, sage ich, aber ihm ist meine Reaktion nicht entgangen. Er seufzt und zuckt die Schultern. Dann könne er zu seinem Bedauern nichts weiter für mich tun. Zwischen den beiden Frauen, auf die er mich hingewiesen hat, steht nicht Non, sondern Dee.

Da ich wusste, dass ich nach diesem Besuch niemals wieder in mein Geburtsland zurückkehren würde, wollte ich die letzten Tage vor meiner Abreise für Exkursionen an Orte nutzen, die mir viel bedeutet haben, der Botanische Garten in Bogor, das Bergdorf Sindanglaja, Tjibodas. Die lange, steile Klettertour zum Gipfel des Gedeh ging über meine Kräfte, auch die Wasserfälle von Tjibeureum waren mir zu weit. Doch ich streifte stundenlang zwischen den Araukarien, Zypressen, Rasamalas und Eukalypten von Tjibodas umher, denselben Bäumen, zu denen ich als Kind voller Bewunderung aufgesehen habe. Ich saß lange im Pavillon auf dem sanft ansteigenden Rasen mit Blick auf die Berge, die diesigblau aus dem Hitzenebel des Mittags aufragten. Zum Schluss ging ich ein Stück bergan, den Pfad entlang zum *pondok* der Tademas. Ich sah schon von weitem, dass es nicht mehr stand.

In Jakarta ging ich noch einmal zu Frau Mijers altem Haus. Die hässlichen Holzverschläge und Eisengitter waren verschwunden, die Außenmauern frisch geweißelt und die Gärten vor und hinter dem Haus wurden jetzt als Parkplatz und Markt genutzt. Ohne Garten erschien mir das Haus kleiner als früher, es hatte auch seine vornehme koloniale Ausstrahlung verloren. Zwischen *warungs* und Autos hindurch ging ich zum *waringin*, der sich wie ein Laubberg über dem ganzen Gewühl erhob. Ein Zaun um den Stamm schützte die alten Luftwurzeln und auch die neuen, die lose herunterhingen und sich noch in die Erde graben mussten. Hadschis Grab lag immer noch da, aber jetzt war es regelrecht von dem riesigen Baum einverleibt.

Dicht vor mir stand eine Frau, die zwischen den Gitterstäben des Zauns nach dem hochkant stehenden Grabstein langte, als wollte sie eine Opfergabe niederlegen. Ich sah sie nur von hinten. Sie trug ein weites altmodisches Baumwollkleid, ihr glattes, schwarzes Haar wurde am Hinterkopf von Klammern zusammengehalten. Ihre Haltung und etwas an ihrer Kleidung ließen mir das Herz schneller schlagen. Ich hatte den Eindruck, nur meine Hand ausstrecken zu müssen, um sie zu berühren, aber die Luftschicht zwischen uns schien sich in einen Wall aus undurchdringlichem Glas verwandelt zu haben. Auch widersetzte sich alles in mir gegen diesen Kontakt.

Dann, plötzlich, war sie fort, aufgelöst im Flirren der Licht- und Schattenflecke unter dem schweren Blätterdach.

Ich hatte die innere Gewissheit, dass Non tot war und außerdem mit eigenen Augen Dee gesehen, vermummt als die Hadscha, die sie niemals sein konnte.

Angestaute Verbitterung brach sich Bahn, die Flutwelle aus den Angstträumen meiner Jugend holte mich ein und stürzte auf mich nieder, das Monster mit Klauen aus schwarzem Wasser.

Dann habe ich etwas getan, was ich mir niemals verzeihen werde.

Ich habe den Behörden in Jakarta erzählt, wer die Frau war, die sich als Ibu Sjarifa ausgab. Auch nach zehn Jahren rief der Name Mila Wychinska noch Erinnerungen an die umstrittene Frau unter der ausländischen Entourage von Präsident Sukarno wach. Die wenigen Informationen, über die ich verfügte, habe ich preisgegeben. Außerdem bestand ich darauf, Nachforschungen über das Schicksal der echten Ibu Sjarifa anzustellen. Denn letztlich gab ich Dee die Schuld an Nons geheimnisvollem Verschwinden. Aber war das der wahre Grund für meinen Verrat?

In seinem ersten Brief hat Moorland mir geschrieben, dass «einige behaupten«, Mila Wychinska sei »während einer Reise auf Sumatra (oder Java, oder Timor)« gestorben, und ihm wären sowohl das Sterbedatum als auch die Todesumstände nicht bekannt. Es war also nicht sicher, was mit Dee geschehen war. War sie untergetaucht oder auf der Flucht? War sie in die Hände von Feinden gefallen, von Widersachern oder womöglich früheren Mitstreitern, die sich von ihr im Stich gelassen fühlten? Oder lebte sie einfach in einer anderen Maskerade, einer anderen Rolle, weiter?

Sehr geehrte Frau Warner,

was Sie mir über Ihre Erfahrungen 1976 in Jakarta mit-
geteilt haben, beschäftigt mich sehr. Sie sahen auf
einem Foto Mila Wychinska als Mitglied einer Frauen-
bewegung in der Kleidung, die der orthodoxe Islam vor-
schreibt. Dass diese frommen Muslimas an einer ausgesprochen politischen Demonstration teilgenommen haben,
ist an sich gar nicht so merkwürdig. Bereits vor dem
Krieg standen auf Java, und auch in anderen Teilen des
Archipels, bestimmte islamische Organisationen der ein-
fachen Dorfbevölkerung näher als den städtischen Intellektuellen und Politikern. Sie haben im Unabhängigkeitskampf immer eine bedeutende Rolle gespielt und
auch später, im Widerstand gegen den autoritären und
kapitalistischen Führungsstil in Jakarta. Es lässt
sich gewiss nicht leugnen, dass der Islam in Indonesi-
en traditionell einen demokratischen Charakter gehabt
hat. Die Ulamas und Imame duldeten Traditionen und Ri-
tuale, die in dem oftmals noch animistisch angehauch-
ten Volksglauben verwurzelt waren. Heute aber scheint
es mit der Toleranz vorbei zu sein. Über unkontrol-
lierbare Strömungen im Islam dringen nicht nur streng
religiöser Fundamentalismus, sondern auch eine fana-
tisch-politische Ideologie zu den Massen durch. Gemä-
ßigte Muslime, die ich kenne, sprechen sogar von einem
„Schleier-Kommunismus". Zahllose Terroristen sind stolz
darauf, tiefgläubige Mohammedaner zu sein.

Sie fragen mich, was Mila Wychinskas Überzeugungen und
Beweggründe gewesen sein könnten. Ich weiß es nicht.

In diesem Hexenkessel Südostasien - Indonesien, Malaysia, Kambodscha, Laos, Vietnam, die Philippinen - tauchte sie immer zwischen denjenigen auf, die Schläge einzustecken hatten, ob dies nun Bauern waren, die auf Druck der lokalen Machthaber auf Grund und Erträge verzichten mussten, ein ganzes Volk, das sich gegen die Herrschaft eines anderen Volkes zur Wehr setzte, eine ethnische Gruppe, die unterdrückt zu werden drohte, oder Frauen und Kinder, die als Prostituierte oder allerbilligste Arbeitskräfte für die Industrie ausgebeutet wurden. Es konnte nie geklärt werden, ob sie nun für oder gegen die eine oder andere Ideologie war, man sah und schätzte vor allem ihren Einsatz, ihren Mut. Sie wusste, im kleinen Stil, stets Geldquellen anzuzapfen, rettende Institutionen zu alarmieren und manchmal auch Kontakte mit Organisationen herzustellen, die über Macht und Mittel verfügten, die sie nicht hatte. Das Bild, das aufgrund all dieser Informationen in mir aufkommt, ist das einer sehr emotionalen Frau, die aus Empörung oder Mitleid gehandelt hat, aber nicht nach einem wohlüberlegten Plan. Dies mag auch der Grund sein, weshalb ihr Name im Rahmen der offiziellen, internationalen Einsätze für Menschenrechte und Umweltschutz so selten genannt wird.

Ich denke, sie hatte in allen Lagern Informanten und Mitstreiter, und ging, was ihre eigene Sicherheit betraf, oft große Risiken ein. Nach dem Putschversuch 1965 wurde sie in Suhartos Welt zweifellos zu einer unerwünschten Person. Um wieder dort Fuß zu fassen, musste sie eine andere Identität annehmen. Ich kann

mir Ihre Beunruhigung hinsichtlich „Ibu Sjarifa" sehr
gut vorstellen. Die Nachforschungen, um die Sie die Behörden in Jakarta gebeten haben, blieben offenbar er-
gebnislos oder Ihre Bitte wurde ignoriert. Mich interessiert, ob Mila Wychinska freiwillig oder unter Druck
als Sjarifa in diese Gruppe Muslimas eingedrungen ist.
Wenn sie nicht an einer Krankheit gestorben ist oder
einen Unfall hatte, ist es nicht ausgeschlossen, dass
sie das Opfer von Differenzen oder Racheaktionen innerhalb einer der Gruppen wurde, mit denen sie zu tun
gehabt hat.

Es wird wohl nie möglich sein, hinter die Wahrheit zu
kommen. Sie bleibt eine faszinierende Persönlichkeit.
Auch unabhängig von dieser begrenzten Recherche, die
wegen mangelnder Informationen nichts weiter hergibt
als eine ausgearbeitete Fußnote für meine Artikelserie,
würde ich gerne noch das eine oder andere über Ihre
und "Dees" Jugendjahre in Niederländisch-Indien erfahren. Jemand wie ich, der zwanzig Jahre nach Kriegsende
geboren wurde, kann sich von diesem kolonialen Leben
eigentlich kein Bild machen.

Sie haben mir geschrieben, dass Sie nach 1973 nie wie-
der etwas von Sjarifa gehört haben, nachdem sie die
Pilgerfahrt nach Mekka unternommen hatte. Ich bin
der Sache nachgegangen und habe in einem Zeitungsar-
chiv herausgefunden, dass in dem betreffenden Jahr ein
Bus mit Pilgern in der Wüste verunglückt ist, auf dem
Rückweg in die Hafenstadt Dschidda. Es gab viele Tote.
Möglicherweise war sie unter den Opfern?

In der Hoffnung, dass Sie bald noch etwas Material für mich haben, nicht zum Publizieren, sondern um mir einen Eindruck von der Welt zu vermitteln, in der Sie jung waren, verbleibe ich mit herzlichem Gruß,

Bart Moorland

Wieder nur Vermutungen anstelle von Fakten. Ebenso schwammig wie damals die Hypothesen, die Taco und ich immer über Laurens Reaels Auftreten auf den Molukken aufgestellt haben. Ich will das nicht mehr.

Was hat Dee also angetrieben? Der Versuch zu kompensieren, was ihr ein Leben lang fehlte, wollte sie einen emotionalen Hunger stillen? Ich glaube, sie hatte ein intensives Bedürfnis, Teil des Strebens nach Freiheit, Selbstverwirklichung, Anerkennung des eigenen Werts und der Würde zu sein, wo auch immer, wie auch immer. Sie wollte mich nie verletzen, mir keinen Gesichtsverlust zufügen, sie respektierte mich als Tacos »erste Wahl«, und auch für ihn war es völlig selbstverständlich gewesen, dass ich sein Leben geteilt habe. Aber ich hätte es nie akzeptiert, dass sie seine »intime Wahl« wurde. Und das wussten sie, deshalb haben sie über ihre Beziehung geschwiegen, und Dee hat jeden Kontakt mit mir vermieden. Ich denke heute, ich habe weder ihr noch ihm etwas zu vergeben.

Taco und ich waren Gleiche innerhalb derselben Gruppe, nämlich die der weißen »Hier-geborenen«, doch er und Dee, beide auf unterschiedliche Weise »Nicht-*totoks*«, ergänzten einander, jeder die Verkörperung einer essentiellen Sehnsucht des anderen. Zwischen Dee und mir war, selbst in Freundschaft, solch eine Einheit offenbar nicht möglich, zwischen Taco und ihr, in Leidenschaft, schon. Auch heute kann ich diesen Gedanken, den ich all die Jahre aus meinem Bewusstsein verbannt habe, nur ertragen, indem ich annehme, *pasrah*, was vorbestimmt ist: *nasib*, das Schicksal. Ich merke, dass ich allmählich so denke wie Non.

Die Nachricht von »Het Hoge Bos«, auf die ich schon so lange warte, ist da. Ein großes und ein angrenzendes kleines Zimmer sind frei geworden. Jetzt muss ich mein Haus räumen und den Makler beauftragen, es zu verkaufen. Beinahe mein ganzes Leben als Erwachsene habe ich hier verbracht. Die besten Augenblicke meiner Ehe mit Taco haben sich in diesen Wänden abgespielt. In den langen, einsamen Jahren nach seinem Tod ist es mir zwischen all den vertrauten Dingen, den Möbeln und Büchern gelungen, mich mit dem Bild einer würdevoll gealterten, emeritierten Kunstgeschichtsprofessorin zu identifizieren, die eine Reihe eigener Publikationen im Bücherregal stehen hat, und noch immer genügend Interesse für die Entwicklungen des Fachs aufbringt, um nicht völlig in Vergessenheit zu geraten. Dass Moorland auf die Idee kam, sich an mich zu wenden, beweist es. Aber nun ist auch diese Phase vorbei.

Der Schlüssel meiner Ebenholztruhe ist wieder aufgetaucht. Als die bis zur Decke reichenden Bücherregale in der Bibliothek ausgeräumt wurden, hat einer der Möbelpacker von der Leiter aus etwas oben auf der Holzverkleidung glitzern sehen, genau über der Stelle, an der die Truhe steht. Das ist zu hoch für Stien und mich. Taco war sehr groß. Ich glaube, er hat in seinen letzten Wochen, als er noch im Haus umherging, die Truhe geöffnet, weil er wieder einmal in seinem Manuskript über Reael blättern wollte. Ohne sich etwas dabei zu denken, wird er den Schlüssel hoch über seinem Kopf auf die Leiste gelegt haben, statt in den Bücherschrank, wo das Ding hingehörte.

Ich habe mich vergeblich daran zu schaffen gemacht, die Zähne vom Schlüsselbart sind etwas verbogen und vielleicht ist das Schloss innen auch verrostet.

Ich werde Moorland die Truhe ausleihen. Vielleicht findet er einen Fachmann, der Rat weiß. Außerdem möchte ich, dass er sich den Inhalt ansieht, damit er überprüfen kann, was ich ihm erzählt habe. Ich vertraue ihm, in jedem Fall hat er etwas davon, für seinen Einblick in meine »kolonialen Jugendjahre«.

Ich schreibe ihm, dass er Truhe und Schlüssel abholen kann.

Ich habe gedacht, jetzt wäre alles vorbei, aber ich habe mich geirrt. Ein ehemaliger Kollege hat mir den Katalog einer New Yorker Ausstellung zugeschickt, die ich mir gerne angesehen hätte, wenn ich noch zu der Reise fähig wäre. Schon seit Jahren hoffe ich, einmal einen Blick auf die jetzt in die Nachrichten gekommene Inada-Sammlung mit östlichem Kunsthandwerk zu werfen.

Sie ist im Privatbesitz eines japanischen Industriellen, Yokuro Inada, und niemals zuvor außerhalb Japans zu sehen gewesen.

Der edel gestaltete Katalog zeigt in Farbfotos eine vollständige Übersicht dieser wirklich atemberaubenden Ausstellung. Ich wusste bereits, dass Inadas Interesse den Blumen- und Blattmotiven bei Skulptur und Malerei gilt, also genau dem Gebiet, auf das ich mich spezialisiert habe, und nun, beim Betrachten der Abbildungen, weiß ich, dass wir dieselben Vorlieben und den gleichen Geschmack besitzen. Prachtvolle japanische und chinesische Stickereien, einige seltene Reliefs im Stile der Tempelanlagen von Boroboedoer, Loro Djonggrang und Tjandi Mendoet, unter anderem das am besten erhaltene *makara*, das ich je gesehen habe, Holzschnitzereien balinesischer Tempeltüren, antike javanische *kains* mit dem *semèn*-Motiv, alles zusammen nicht sehr umfangreich, aber von allerhöchster Qualität. Hätte ich über die Mittel für eine Sammlung verfügt, ich hätte genauso gewählt. Was Inada zusammengetragen hat, ist die Apotheose dessen, womit ich mich ein Leben lang beschäftigt habe.

Im Katalog steht natürlich eine sachkundige Einleitung, mit

einem kurzen »profile« von Yokuro Inada. 1946 geboren, seit seinem sechsten Lebensjahr auf exklusiven Schweizer Internaten ausgebildet, Wirtschaftsstudium in Deutschland und an der Sorbonne in Paris, verdankt den Geschäftssinn und technischen Verstand seinem Vater, einem Bankier, ist aber zum Sammeln gerade dieser Kunst durch seine Mutter gekommen, »a beautiful Eurasian from Indonesia, recently deceased«. Die Ausstellung ist eine Hommage an sie.

Ein Foto zeigt Herrn Inada bei der Eröffnungsfeier. Etwas zwang mich dazu, genauer hinzusehen: Ein auffällig großer und schlanker, nach westlicher Mode gekleideter Japaner. Mich überkam ein beklemmendes Gefühl, ich weigerte mich zu glauben, was ich zu sehen meinte. Ich habe eine Lupe geholt. Danach gab es keinen Zweifel mehr.

Er war Dee wie aus dem Gesicht geschnitten.

Ich weiß, dass irgendwo in meinem Gedächtnis alle Teile zu finden sind, die zusammengenommen ein schlüssiges Bild der Wahrheit bilden. Ich habe sie nicht erkannt oder wollte sie nicht sehen, als sie in der Wirklichkeit meines Lebens aufgetaucht sind. Die Inada-Kollektion ist, über den weiten Umweg durch Zeit und Raum, ein Zeichen von Dee an mich. Es verneint die Entfremdung, es beweist einen »Gleichklang« in den Schichten unseres Wesens, in denen Rivalität, Neid, Unverständnis, Kränkungen, alle Unterschiede und Gegensätze kein Existenzrecht haben. Unter der Oberfläche gab es immer ein verbindendes Element, unbenennbar, sich jedem Erklärungsversuch entziehend. Wir haben es mit der Luft unseres Geburtslandes eingeatmet. Es lässt sich nur mit einer Annäherung durch Symbole wie den Kunstwerken ausdrücken, die Yokuro Inada sammelte, »inspired by his mother«.

Das sind Dinge, die ich Moorland unmöglich erklären kann.

Selbst wenn ich Worte dafür hätte – und die habe ich nicht –, würde er sie irrelevant für seine Recherche finden.

Über Dee kann ich ihm nichts mehr berichten. Diese Aufzeichnungen kann ich jetzt auch in den Kamin werfen, als ein Rauchopfer zum Abschied.

Sehr geehrte Frau Warner,

die angenehme persönliche Begegnung mit Ihnen, nach
dem monatelangen Schriftverkehr, und der Umstand, dass
Sie mir Ihre Ebenholztruhe anvertraut haben, führen
dazu, dass ich nun nicht weiß, wie ich Ihnen die Sach-
lage erklären soll.

Mit fachmännischer Hilfe ist es mir tatsächlich gelungen, die Truhe zu öffnen.

Aber, liebe Frau Warner, sie ist leer.

Ich verstehe, vor welchen Problemen Sie nun stehen.
Kann es sein, dass Sie die Dokumente irgendwo anders
aufbewahrt und dies nach all den Jahren vergessen haben? Sie werden bald umziehen. Aus eigener Erfahrung
weiß ich, dass Umzüge fatal sind, wenn man viel aufbewahrt hat. Ich helfe Ihnen zum Beispiel gerne beim
Sortieren und Einpacken Ihres Archivs. Wer weiß, vielleicht kommen ja doch noch Ordner mit Dokumenten und
Fotos etc. zum Vorschein, die Sie verloren geglaubt haben. Ich bringe Ihnen die Truhe bald zurück. Zum Glück
habe ich noch eine Neuigkeit, die Sie vielleicht er-
freuen wird. Ein Arabist aus meinem Freundeskreis hat
sich das Buchstabenornament am Schlüsselkopf genauer
angesehen. Er meint, wegen seiner Stilisierung könnte
es ein Zitat aus einer berühmten Geschichte des persi-
schen Mystikers und Dichters Farid al-Din sein. Es lau-
tet in etwa so:

ALLES, WAS MAN JEMALS GESEHEN ODER GEHÖRT HAT, ALLES, WAS MAN ZU WISSEN MEINTE, IST NICHT MEHR SO, SONDERN ANDERS.

Eine orientalische Weisheit!

Mit respektvollen Grüßen und in der Hoffnung auf ein Wiedersehen,

Bart Moorland

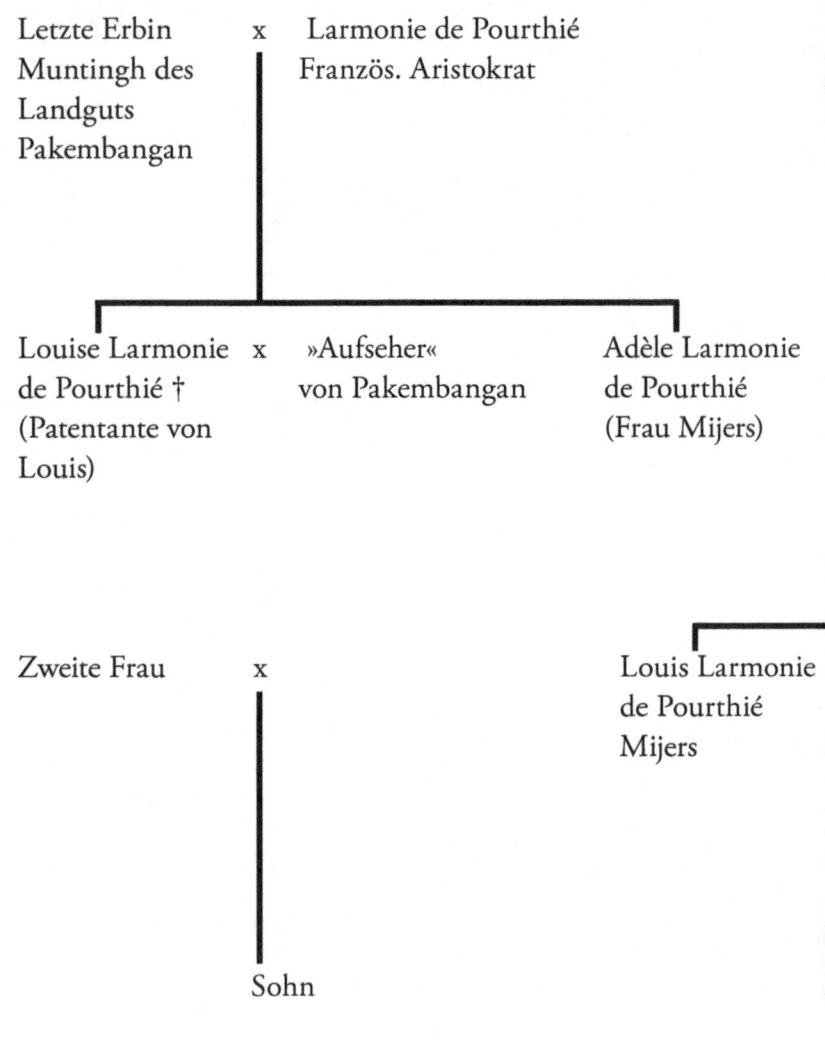

Letzte Erbin
Muntingh des
Landguts
Pakembangan

x

Larmonie de Pourthié
Französ. Aristokrat

Louise Larmonie
de Pourthié †
(Patentante von
Louis)

x

»Aufseher«
von Pakembangan

Adèle Larmonie
de Pourthié
(Frau Mijers)

Zweite Frau

x

Louis Larmonie
de Pourthié
Mijers

Sohn

x   Johannes Mijers

x   Nadia Wychinska   Aimée Larmonie
                                       de Pourthié
                                       Mijers
                                       (Non, Ibu Sjarifa)

Adèle Mijers
(Dee, Mila Wychinska)

GLOSSAR

adat	Bräuche und Sitten
aduh	Ausruf des Schreckens, des Erstaunens
ajo saudara, naik teroes	
ja, lekas, tjepat	Na los, mach schon!
anggrek bulan	weiße Mondorchidee, Phalaenopsis amabilis
baar	Neuling
babu	Kindermädchen
Bataviaas Nieuwsblad	Batavische Zeitung
Belanda	Niederländer
bengkel	Werkstatt, Kramladen
bersiap-Zeit	gewalttätige Periode nach der Kapitulation Japans, etwa von Oktober 1945 bis Anfang 1946, infolge eines Machtvakuums
besaran	Verwaltungsgebäude eines Betriebs
betjak	Fahrradtaxi
bingung	verwirrt sein, von etwas genug haben
boleh	dürfen
boleh tjampur	Vermischen erlaubt
Boven-Digoel	Niederl. Straflager in Niederländisch-Indien (heute Neuguinea), 1928-1942
buaja	Schurke
bunga	Blume
bungur	Lagerstroemia, reich blühende Baumart
bunuh	Mord
busuk	faul, schlecht
deleman	zweirädriges Fahrzeug, Art Rikscha
desa	Dorf
djamus	getrocknete Heilkräuter

djati	Teakholz
djempol	Klasse!
djongo	Diener, Hausbursche
duku	kleine gelbliche süße Frucht
gamelan	traditionelle Musik auf Java und Bali
Gomulka	Wladislaw Gomulka, polnischer Politiker und Parteichef der Polnischen Vereinigten Arbeiterpartei
guling	Rollkissen, Nackenrolle
halus	höflich, gesittet
Het Indische Leven	Wochenzeitschrift (Das Leben in Niederländisch-Indien), erschien von 1919-1928
Indo	Indo-Europäer
kain	gebatiktes Lendenkleid, Stoff
kampong	Stadtbezirk der Indonesier
Kantor Bunga Anggrek	Büro Weiße Mondorchidee
kasar	grob
kassian	jämmerlich, bedauernswert
katjang	eigentl. Hülsenfrucht, auch: Schlawiner
kebon	Gartenjunge
kebun	Garten
kekasih	Liebling
kesasar	(wörtlich: verirrt) irgendwo nicht hingehören
klenteng	chinesischer Tempel
klontong	chinesischer Tür-an-Tür-Verkäufer von Textilien
kokkie	Koch, Köchin
Koninklijke Paketvaart Maatschappij	Königliche Postschifffahrtsgesellschaft
kornak	Elefantenführer

kree	Sonnenschutz aus Bambuslatten
kulit langsep	leicht dunkle Hautfarbe
kweekwee	kleine Kuchen
Larat	Dendrobium spectabile
loh	Los, ach komm schon
losmen	Pension
makara	mythisches Seemonster
manis	lieb, reizend
missigit	Moschee
nasib	Schicksal
njonja	europäische verheiratete Frau
nonna	junge Mischlingsfrau
pajong	Sonnen- oder Regenschirm
pasar	Markt
pasrah	Fügung, Hingabe
pasanggrahan	einfache Unterkunft
pemudas	einheimische Jugendliche
perkara	Streitpunkt, Krach
pendoppo	rechteckige offene Halle an der Vorderseite vornehmer einheimischer Häuser auf Java
pinter busuk	gerissen, böser Geist
pisang	Banane
pondok	einfaches Haus, Gästehaus
raden aju	Titel von Ehefrauen eines Regenten sowie einheimischer Frauen, die im dritten Grad von einem Fürsten abstammen
sarong kabaja	traditionelle Bluse und Rock
sarekat	Vereinigung, Bruderschaft
sawah	Reisfeld
semèn	Batikmuster mit Pflanzen- und Blumenmotiven

senang	sich wohl fühlen
sepada	wörtlich: Volk. Hier: Ist da jemand?
sepèn	männl. Diener, Leiter des Hauspersonals
shantung	Bastseide
sinjo	Halbblut
slametan	Volksfest
spekkoek	würziger Schichtkuchen
sudah	Lass gut sein, Vergiss es!
tempo dulu	die Zeit von Früher. Historische Periode in Indonesien zwischen 1870 und dem Beginn des Ersten Weltkrieges 1914
tenteng katjan	Erdnusssnack
terang bulan	Der Mond scheint. Anfang eines damals beliebten Liedes
tinka	Laune, Schrulle
tjelaka	Unglück
tjemara	tropischer »Nadelbaum«, Casuarina
tjintjang	in Stücke hacken, aufschlitzen
tjong-hoas	chinesische Indonesier
toko	kleiner Lebensmittelladen
totok	ein in Niederländisch-Indien lebender Vollblut-Europäer
tuan	Herr, Meister
tukang	Handwerker, Kaufmann
tutup	indonesische Tropenjacke
warga negara	indonesischer Staatsbürger
waringin	Birkenfeige, Ficus benjamina
warong	Straßenstand mit Kochstelle, Restaurant
wayang	darstellendes Spiel mit Schatten, Puppen, Masken oder Schauspielern

LESEN SIE WEITER:

Ulrich Effenhauser
ALIAS TOLLER
176 Seiten, gebunden mit Schutzumschlag
ISBN 978-3-88747-324-2. Auch als ebook

Mukoma wa Ngugi
BLACK STAR NAIROBI
256 Seiten, gebunden mit Schutzumschlag
ISBN 978-3-88747-314-3. Auch als ebook

Abasse Ndione
DIE PIROGE
128 Seiten, gebunden
ISBN 978-3-88747-306-8. Auch als ebook

Dietmar Sous
ROXY
144 Seiten, gebunden mit Schutzumschlag
ISBN 978-3-88747-315-0. Auch als ebook

Anila Wilms
DAS ALBANISCHE ÖL
oder MORD AUF DER STRASSE DES NORDENS
176 Seiten, gebunden mit Schutzumschlag
ISBN 978-3-88747-279-5. Auch als ebook

www.transit-verlag.de